SHERLOCK HOLMES
UM ESTUDO EM VERMELHO

ARTHUR CONAN DOYLE

SHERLOCK HOLMES
UM ESTUDO EM VERMELHO

Tradução
Monique D'Orazio

Principis

Esta é uma publicação Principis, selo exclusivo da Ciranda Cultural
© 2021 Ciranda Cultural Editora e Distribuidora Ltda.

Traduzido do original em inglês *A study in scarlet*	Diagramação Project Nine Editorial
Texto Arthur Conan Doyle	Produção editorial e projeto gráfico Ciranda Cultural
Tradução Monique D'Orazio	Design de capa Ana Dobón
Revisora Fernanda R. Braga Simon	Imagens Chuckstock/shutterstock.com Liliya_Mekhonoshina/shutterstock.com

Texto publicado integralmente no livro *Sherlock Holmes - Um estudo em vermelho*, em 2019, na edição em brochura pelo selo Principis da Ciranda Cultural. (N.E.)

Dados Internacionais de Catalogação na Publicação (CIP) de acordo com ISBD

D754e   Doyle, Arthur Conan

Um estudo em vermelho / Arthur Conan Doyle ; traduzido por Monique D'Orazio. - Jandira : Principis, 2021.
176 p. ; 15,5cm x 22,6cm. - (Clássicos da Literatura Mundial - Luxo)

Tradução de: A study in scarlet
ISBN: 978-65-5552-441-3

1. Literatura inglesa. 2. Romance policial. I. D'Orazio, Monique. II. Título. III. Série.

2021-1200   CDD 823
                                                                         CDU 821.111-31

Elaborado por Vagner Rodolfo da Silva - CRB-8/9410

Índice para catálogo sistemático:
1. Literatura inglesa : Romance 823
2. Literatura inglesa : Romance 821.111-31

1ª edição em 2021
www.cirandacultural.com.br
Todos os direitos reservados.
Nenhuma parte desta publicação pode ser reproduzida, arquivada em sistema de busca ou transmitida por qualquer meio, seja ele eletrônico, fotocópia, gravação ou outros, sem prévia autorização do detentor dos direitos, e não pode circular encadernada ou encapada de maneira distinta daquela em que foi publicada, ou sem que as mesmas condições sejam impostas aos compradores subsequentes.

Sumário

Parte um

O sr. Sherlock Holmes — 9

A ciência da dedução — 20

O mistério de Lauriston Gardens — 34

O que John Rance tinha a dizer — 49

Nosso anúncio traz um visitante — 59

Tobias Gregson mostra do que é capaz — 69

Luz na escuridão — 82

Parte dois

Na grande planície alcalina — 97

A flor de Utah — 111

John Ferrier fala com o Profeta — 121

Uma fuga pela vida — 128

Os anjos vingadores — 140

Uma continuação das reminiscências do dr. John H. Watson — 152

A conclusão — 167

Parte um

Uma reimpressão das reminiscências do dr. John H. Watson, ex-membro do Departamento Médico do Exército

Capítulo 1

• O sr. Sherlock Holmes •

Em 1878, obtive meu diploma de doutor em medicina na Universidade de Londres e segui para Netley, a fim de fazer o curso prescrito para os cirurgiões do exército. Após completar meus estudos lá, fui devidamente incorporado ao Quinto Regimento de Fuzileiros de Northumberland como cirurgião assistente. Na época, o regimento encontrava-se estacionado na Índia e, antes que eu pudesse me juntar a ele, irrompeu a Segunda Guerra Afegã. Ao aportar em Bombaim, descobri que minha unidade avançara pelos desfiladeiros e que já estava profundamente embrenhada no país inimigo. Segui, entretanto, na companhia de muitos outros oficiais em situação igual à minha e alcancei Candaar em segurança, onde encontrei o regimento e, de imediato, assumi minhas novas funções.

A campanha trouxe honras e promoções a muitos; a mim, entretanto, não houve nada além de infortúnio e desastre. Fui removido de minha brigada e integrado aos Berkshires, com quem servi na batalha fatal de Maiwand. Ali, fui atingido no ombro por uma bala de mosquete *jezail*, que estilhaçou o osso e roçou a artéria subclávia. Eu teria caído nas mãos dos sanguinários *ghazis*[1] não fosse pela devoção e coragem mostradas por Murray, meu ordenança, que me atravessou sobre o lombo de um cavalo de carga e conseguiu me levar em segurança de volta às fileiras britânicas.

Desgastado pela dor e fraco pelas prolongadas dificuldades sofridas, fui removido com uma grande comitiva de sofredores feridos para o hospital de base em Peshawar. Ali fui me recuperando e já estava melhor a ponto de conseguir andar pelas alas da enfermaria, até mesmo de me aquecer um pouco na varanda, quando fui acometido pela febre tifoide, essa maldição de nossas posses nas Índias. Durante meses, minha vida esteve por um fio, e, quando finalmente voltei a mim e comecei a convalescer, estava tão fraco e emaciado que uma junta médica determinou que nem mesmo um dia deveria se passar antes que eu fosse enviado de volta à Inglaterra. Em conformidade, fui despachado no *Orontes*, um navio de transporte de tropas. Aportei um mês depois no cais de Portsmouth, com a saúde irremediavelmente arruinada, mas com a permissão de um governo paternal para passar os nove meses seguintes na tentativa de melhorá-la.

Não tinha amigos ou parentes na Inglaterra e era, portanto, livre como o ar – ou tão livre quanto um homem poderia ser com uma renda de onze xelins e seis pence por dia. Sob tais circunstâncias, naturalmente, fui atraído para Londres, essa grande fossa que drena, irresistivelmente, todos os vadios e desocupados do Império. Fiquei por algum tempo num hotel particular na Strand, levando uma vida sem conforto e sem

---

1 *Ghazis*: guerreiros muçulmanos que combatiam aqueles que eram contra a fé islã.

sentido e gastando todo o dinheiro que eu possuía, de modo consideravelmente mais livre do que deveria. Tão alarmante se tornou o estado de minhas finanças que logo percebi a necessidade de deixar a metrópole e levar uma vida rural em algum lugar no interior, ou fazer uma completa mudança no meu estilo de vida. Escolhi a última alternativa e, assim, comecei a me acostumar com a ideia de sair do hotel e alugar cômodos em domicílio um tanto menos pretensioso e também menos dispendioso.

No exato dia em que cheguei a essa conclusão, estava no Criterion Bar quando alguém bateu no meu ombro. Assim que me virei, reconheci o jovem Stamford, que havia sido meu assistente no Bart's. A visão de um rosto amigável na grande selva de pedra de Londres é, de fato, algo agradável para um homem solitário. Nos velhos tempos, Stamford nunca foi um camarada meu; mas, dessa vez, cumprimentei-o com entusiasmo; ele, por sua vez, pareceu regozijar em me ver. Na exuberância da minha alegria, convidei-o para almoçar comigo no Holborn, e seguimos juntos num cabriolé.

– Minha nossa, o que você tem feito, Watson? – perguntou com surpresa não disfarçada, enquanto chacoalhávamos pelas ruas movimentadas de Londres. – Está magro como um palito e moreno como uma castanha.

Fiz-lhe um pequeno esboço de minhas aventuras e mal tinha concluído quando chegamos ao nosso destino.

– Pobre diabo! – disse ele, demonstrando compaixão após ouvir meus infortúnios. – O que pretende fazer agora?

– Procurar moradia – respondi. – Estou tentando descobrir se tem solução o dilema de conseguir aposentos confortáveis a um preço razoável.

– Que coisa estranha – apontou meu companheiro –, é o segundo homem a me dizer isso hoje.

– E quem foi o primeiro? – indaguei.

– Um sujeito que está trabalhando no laboratório químico do hospital. Queixava-se hoje de manhã de não conseguir encontrar com quem dividir um bom apartamento que ele encontrou, cujo preço era demais para o bolso dele.

– Por Deus! – exclamei. – Se ele quer alguém para dividir os aposentos e as despesas, sou o homem exato. E prefiro ter um companheiro a ficar sozinho.

O jovem Stamford me olhou de forma um tanto esquisita por cima da taça de vinho.

– Você ainda não conhece Sherlock Holmes. Talvez prefira não o ter como companheiro constante.

– Por quê? O que há contra ele?

– Ah, não disse que havia algo contra ele. É apenas um pouco excêntrico em suas ideias; um entusiasta de alguns ramos da ciência. Porém, até onde sei, é um sujeito bastante decente.

– Um estudante de medicina, suponho?

– Não, e não tenho ideia alguma de qual é a intenção de carreira dele. Acredito que tenha bons conhecimentos em anatomia, além de ser um químico de primeira linha; porém, até onde sei, nunca frequentou nenhum curso regular de medicina. Seus estudos são excêntricos, muito pouco sistemáticos, mas ele acumulou conhecimento por vias não convencionais em quantidade suficiente para surpreender os professores dele.

– Você nunca lhe perguntou quais são seus interesses?

– Não, ele não é um homem fácil de compreender, embora seja bastante comunicativo quando a imaginação se apodera dele.

— Gostaria de conhecê-lo — disse eu. — Se eu for morar com alguém, prefiro que seja um homem reservado e com hábitos de estudo. Ainda não estou forte o suficiente para suportar muito barulho ou emoções. No Afeganistão, já tive minha cota de ambos, pelo resto de minha existência natural. Como eu poderia me encontrar com esse seu amigo?

— É certo que ele está no laboratório — respondeu meu companheiro. — Ou evita o lugar por semanas ou lá trabalha de manhã até a noite. Se desejar, podemos ir juntos encontrá-lo depois do almoço.

— Certamente — respondi, e a conversa tomou outros rumos.

No caminho ao hospital, depois de deixarmos o Holborn, Stamford me deu mais alguns pormenores sobre o cavalheiro que eu pretendia tomar como companheiro para dividir o aluguel do apartamento.

— Não deve culpá-lo se não se derem bem — observou ele. — Não sei mais nada a respeito desse homem além do que descobri em alguns encontros ocasionais no laboratório. A proposta desse arranjo é sua, portanto não me considere responsável.

— Se não chegarmos a um acordo, vai ser fácil cortar relações — respondi, e acrescentei, olhando firme para meu companheiro: — Parece-me, Stamford, que você tem algum motivo para lavar as mãos em relação ao assunto. O temperamento do sujeito é tão formidável assim, ou o quê? Não use de meias-palavras.

— Não é fácil expressar o inexprimível — respondeu com uma risada. — Holmes é um pouco científico demais para o meu gosto; chega a beirar o sangue-frio. Eu poderia imaginá-lo dando uma pitadinha do último alcaloide vegetal a um amigo; não por malevolência, entenda, mas simplesmente pelo espírito de investigação, para ter uma ideia precisa dos efeitos. Fazendo-lhe justiça, acho que ele mesmo tomaria a substância com a mesma prontidão. Parece ter uma paixão pelo conhecimento definido e exato.

– Tudo bem.

– Sim, mas pode ser levada a excessos. Quando se chega a ponto de dar pauladas nos objetos de dissecação dentro do laboratório, certamente essa paixão assume contornos bizarros.

– Pauladas nos objetos de estudo!

– Sim, para verificar por quanto tempo os hematomas podem ser produzidos após a morte. Vi com meus próprios olhos.

– E ainda assim você diz que ele não é estudante de medicina?

– Não. Deus sabe quais são os objetos de seu estudo. Mas aqui estamos nós, e você deve formar as próprias impressões sobre ele. – Enquanto falava, viramos numa ruazinha estreita e entramos por uma pequena porta lateral, que se abria para uma ala do grande hospital. Era um terreno familiar para mim; não precisava de orientação quando subimos as sombrias escadarias de pedra e seguimos por um longo corredor com vista para as paredes caiadas e portas de cor indefinida. Perto do fim, uma passagem baixa em forma de arco se desviava do corredor e levava ao laboratório de química.

Esta era uma câmara de teto elevado, forrada e repleta de incontáveis frascos. Pelo ambiente se espalhavam mesas amplas e baixas, coalhadas de retortas, tubos de ensaio e pequenos bicos de Bunsen com tremeluzentes chamas azuis. Só havia um aluno na sala, debruçado sobre uma mesa distante, absorto no trabalho. Ao som de nossos passos, ele olhou em volta e se pôs em pé com um sobressalto e um grito de prazer.

— Encontrei! Encontrei! — gritou para meu companheiro, correndo em nossa direção com um tubo de ensaio na mão. — Encontrei um reagente que é precipitado por hemoglobina e por nada mais. — Ainda que tivesse descoberto uma mina de ouro, maior prazer não poderia ter brilhado sobre suas feições.

— Dr. Watson, sr. Sherlock Holmes — apresentou-nos Stamford.

— Como vai? — disse ele cordialmente, apertando minha mão com uma força que eu não lhe teria julgado capaz de exercer. — Esteve no Afeganistão, percebo.

— Como diabos sabe disso? — perguntei com espanto.

— Não importa — disse, rindo para si mesmo. — A questão agora é a hemoglobina. Você vê, sem dúvida, o significado desta minha descoberta, não vê?

— É interessante, quimicamente, sem dúvida — respondi —, mas em termos práticos...

— Ora, homem, é a descoberta médico-legal mais prática dos últimos anos. Não vê que ela nos dá um teste infalível para manchas de sangue? Venha aqui agora! — Ele me agarrou pela manga do casaco em sua ansiedade e me levou até a mesa em que estivera trabalhando. — Vamos providenciar um pouco de sangue fresco — falou, espetando um longo punhal no dedo e colocando a gota de sangue resultante numa pipeta química. — Agora, adiciono esta pequena quantidade de sangue a um litro de água. Perceba que essa mistura tem o aspecto de água pura. A proporção de sangue não pode ser mais do que uma parte em um milhão. Não tenho dúvida alguma, porém, de que seremos capazes de obter a reação característica. — Enquanto falava, jogou alguns cristais brancos dentro do recipiente, e depois acrescentou algumas gotas de um líquido transparente.

Num instante, o conteúdo assumiu uma coloração amarronzada opaca, e um pó castanho precipitou-se no fundo do frasco de vidro.

– Ha! Ha! – gritou, batendo palmas, parecendo tão encantado quanto uma criança com um brinquedo novo. – O que acha disso?

– Parece um teste muito preciso – comentei.

– Lindo! Lindo! O antigo teste de guáiaco era muito precário e inseguro, assim como é o exame microscópico para observar corpúsculos de sangue. Esse último não tem valor se as manchas tiverem algumas horas. Por outro lado, este teste parece funcionar igualmente bem sendo o sangue velho ou novo. Se tivesse sido inventado antes, há centenas de homens agora vagando pela Terra que já teriam cumprido a pena por seus crimes, muito tempo atrás.

– De fato! – murmurei.

– Com frequência, os casos criminais dependem desse único ponto. Digamos que um homem seja suspeito de um crime, meses depois de o delito ter sido cometido. Seus lenços ou roupas são examinados, e manchas acastanhadas são descobertas. São manchas de sangue, manchas de lama, manchas de ferrugem, manchas de frutas, ou o que são elas? É uma questão que intriga muitos peritos, e por quê? Porque não havia nenhum teste confiável. Agora temos o teste de Sherlock Holmes, portanto não haverá mais nenhuma dificuldade.

Seus olhos chegaram a brilhar enquanto falava. Com a mão no coração, ele se curvou como se agradecesse à salva de palmas de uma multidão conjurada pela sua imaginação.

– Merece os parabéns – acrescentei, consideravelmente surpreendido pelo seu entusiasmo.

— Houve o caso de Von Bischoff, em Frankfurt, ano passado. Ele certamente teria sido enforcado se este teste já existisse. Em seguida, houve Mason, de Bradford, e o famigerado Müller, e Lefevre, de Montpellier, e Samson, de Nova Orleans. Eu poderia citar duas dezenas de casos em que este teste teria sido decisivo.

— Você parece um calendário ambulante de crimes — disse Stamford com uma risada. — Poderia lançar um jornal nessa linha. Chame-o de "Notícias policiais do passado".

— Inclusive, poderia dar origem a um material de leitura muito interessante — observou Sherlock Holmes, colocando um pequeno curativo sobre o furinho no dedo. — Devo ter cuidado — continuou, virando-se para mim com um sorriso —, pois mexo muito com venenos. — Estendeu a mão enquanto falava, e notei que estava toda cheia de pequenos curativos e manchada por ácidos fortes.

— Viemos aqui a negócio — lembrou Stamford, sentando-se em uma banqueta alta de três pernas e empurrando uma outra, com o pé, em minha direção. — Meu amigo aqui quer fixar moradia e, como você estava reclamando que não conseguia alguém para dividir suas despesas, achei uma boa ideia juntar os dois.

Sherlock Holmes pareceu encantado com a ideia de compartilhar suas acomodações comigo.

— Estou de olho em um apartamento na Baker Street que seria ideal para nós — disse ele. — Você não se importa com o cheiro forte de tabaco, eu espero, sim?

— Sempre fumo tabaco de marinheiro — respondi.

— Parece-me bom. Geralmente tenho substâncias químicas por perto, e, de vez em quando, faço experimentos. Seria um incômodo para você?

— De maneira alguma.

— Deixe-me ver... quais são meus outros defeitos. Às vezes me entristeço e não abro a boca por dias a fio. Você não deve pensar que estou de mau humor quando faço isso. Apenas me deixe em paz, e em breve voltarei ao normal. E agora, o que você tem a confessar? É importante que dois sujeitos conheçam o pior um do outro antes de começarem a morar juntos.

O interrogatório me faz rir.

— Tenho um filhote de buldogue — disse eu — e não suporto algazarras, pois meus nervos estão abalados, e me levanto em toda a sorte de horas inapropriadas, e sou extremamente preguiçoso. Tenho outro conjunto de vícios quando estou bem de saúde; mas, no momento, esses são os principais.

— Inclui o som do violino na sua categoria de algazarras? — perguntou ele, ansiosamente.

— Depende de quem toca. Um violino bem executado é um presente para os deuses; já um violino mal tocado...

— Oh, tudo bem — Sherlock disse elevando a voz, com uma risada alegre. — Acho que podemos considerar a coisa como combinada, isto é, se os aposentos lhe agradarem.

— Quando vamos visitá-los?

— Venha me ver aqui amanhã ao meio-dia, e resolveremos tudo isso juntos.

— Está bem. Ao meio-dia em ponto — concordei apertando-lhe a mão.

Nós o deixamos trabalhando entre seus produtos químicos, e caminhamos juntos para meu hotel.

— Aliás — falei de repente, parando e me virando para Stamford —, como diabos ele sabia que eu vinha do Afeganistão?

Meu companheiro sorriu um ar enigmático.

— Essa é a pequena peculiaridade que ele tem — respondeu. — Um bom número de pessoas gostaria de saber como ele descobre as coisas.

— Oh! É um mistério?! — exclamei, esfregando as mãos. — É muito intrigante. Estou-lhe muito grato por nos apresentar. "O estudo adequado da humanidade é o próprio homem", você sabe.

— Você então deve estudá-lo — disse-me Stamford, ao se despedir. — Porém, vai chegar à conclusão de que ele é um problema complexo. Aposto que ele vai descobrir mais a seu respeito do que você a respeito dele. Adeus.

— Adeus — respondi, e caminhei para o meu hotel, consideravelmente interessado no meu novo conhecido.

Capítulo 2

• A CIÊNCIA DA DEDUÇÃO •

Nós nos encontramos no dia seguinte, como o combinado, e inspecionamos o apartamento do número 221B da Baker Street, de que ele havia falado no dia anterior. Consistia de dois quartos de dormir confortáveis e uma sala de estar ampla e arejada, com decoração alegre e iluminada por duas janelas amplas. Tão desejável em todos os sentidos era o apartamento e tão modesta a quantia a ser paga quando dividida entre nós que o alugamos na hora. Naquela mesma noite, levei minhas coisas que estavam no hotel, e, pela manhã, Sherlock Holmes seguiu-me com várias caixas e valises. Por um dia ou dois, ficamos ocupados em desempacotar e desfazer as malas e em arrumar nossas posses da melhor forma. Feito isso, gradualmente começamos a nos acomodar e a nos acostumar ao novo ambiente.

De fato, não era difícil conviver com um homem como Holmes, discreto em seus modos e de hábitos constantes. Era raro que estivesse em pé depois das dez da noite e, invariavelmente, já havia tomado o desjejum e partido antes que eu me levantasse pela manhã. Às vezes, passava o dia no laboratório de química, às vezes nas salas de dissecação, e, ocasionalmente, em longas caminhadas que pareciam levá-lo às partes mais baixas da cidade. Nada superava sua energia quando entrava num rompante de trabalho; mas, vez ou outra, uma reação o dominava, e por dias a fio ele ficava deitado sobre o sofá na sala de estar, quase sem pronunciar uma palavra ou mover um músculo, de manhã até a noite. Nessas ocasiões, notei uma tal expressão vaga e sonhadora em seus olhos que eu poderia suspeitar de que ele fosse viciado no uso de algum narcótico; isto é, não fosse a temperança e a sobriedade de toda a sua vida, que proibia tal ideia.

Com o passar das semanas, meu interesse por ele e minha curiosidade pelos seus objetivos na vida foram se aprofundando e aumentando. Até mesmo sua pessoa e sua aparência chamavam a atenção do observador mais casual. Na altura, tinha pouco mais de um metro e oitenta, mas o excesso de magreza o fazia parecer consideravelmente mais alto. Seus olhos eram argutos e penetrantes, exceto durante os intervalos de torpor a que fiz alusão; seu nariz fino e aquilino dava a toda a sua expressão um ar de vivacidade e decisão. Também o queixo, proeminente e quadrado, era marca típica do homem determinado. As mãos eram invariavelmente salpicadas com tinta e manchadas por produtos químicos; no entanto, eram donas de extraordinária delicadeza ao toque, como tive oportunidade de observar com frequência, observando-o manipular seus frágeis instrumentos filosóficos.

O leitor pode pensar que sou um intrometido inveterado quando confesso o quanto esse homem estimulou minha curiosidade e quantas vezes eu me esforcei para romper a reticência que ele mostrava em tudo o que lhe concernia. Antes de pronunciarem a sentença, no entanto, lembrem-se de como minha vida não tinha objetivos e de como havia pouco para envolver minha atenção. A saúde me proibia as aventuras, a menos que o tempo estivesse excepcionalmente agradável, e eu não tinha amigos que me convidassem a quebrar a monotonia da minha existência diária. Nessas circunstâncias, eu me entregava ansiosamente ao pequeno mistério que envolvia meu companheiro e passava a maior parte do tempo na empreitada de desvendá-lo.

Ele não estava estudando medicina. O próprio Holmes, em resposta a uma pergunta, confirmou a opinião de Stamford a esse respeito. Também não pareceu ter cursado nenhum curso teórico que lhe fosse adequado para um diploma em ciência nem buscou qualquer outro portal reconhecido que lhe propiciasse a entrada no mundo acadêmico. No entanto, seu zelo por certos estudos era notável e, dentro de limites excêntricos, seu conhecimento tinha uma amplitude tão extraordinária e era, ao mesmo tempo, tão diminuto que suas observações me deixaram bastante perplexo. Certamente ninguém se esforçaria tanto ou alcançaria tais informações precisas a menos que tivesse algum objetivo claro em vista. Leitores erráticos raramente são notáveis pela exatidão de seu aprendizado. Nenhum homem estorva a mente com picuinhas, a menos que tenha uma razão muito boa para fazê-lo.

Sua ignorância era tão notável quanto seu conhecimento. De literatura contemporânea, de filosofia e de política, ele parecia não saber quase nada. Quando citei Thomas Carlyle, ele perguntou, do jeito mais ingênuo, quem viria a ser e o que fizera. Minha surpresa atingiu o clímax, no entanto, quando descobri por acaso que ele ignorava a teoria de Copérnico e a composição do Sistema Solar. O fato de que qualquer ser humano civilizado neste século XIX não estivesse ciente de que

• A CIÊNCIA DA DEDUÇÃO •

a Terra viajava ao redor do sol me parecia tão extraordinário que eu mal podia concebê-lo.

– Você parece perplexo – disse ele, sorrindo para minha expressão de surpresa. – Agora que já conheço o fato, farei meu melhor para esquecê-lo.

– Esquecê-lo!

– Veja você – explicou –, considero que o cérebro de um homem é originalmente como um pequeno sótão vazio e que deve ser abastecido com a mobília escolhida por ele. Um tolo traz todo tipo de quinquilharias com que se depara, de forma que todo o conhecimento que lhe seria útil fica de fora, ou, na melhor das hipóteses, amontoado com uma série de outras coisas, dificultando, assim, o acesso a esse conhecimento. O artífice, por sua vez, é muito cuidadoso, de fato, com o que traz para dentro de seu cérebro-sótão. Terá apenas as ferramentas que podem ajudá-lo a fazer seu trabalho, mas, dessas, terá uma grande variedade, e tudo na mais perfeita ordem. É um erro pensar que esse pequeno cômodo tem paredes elásticas que podem ser distendidas ao bel-prazer. Tenha certeza, chega um momento em que, para cada adição de conhecimento, é preciso esquecer algo que já era sabido antes. É da maior importância, pois, não ter fatos inúteis chocando-se com os úteis.

– Mas o Sistema Solar! – protestei.

– Que diabo isso significa para mim? – ele interrompeu com impaciência. – Você diz que damos a volta no sol. Se déssemos a volta na lua, não faria a mais ínfima diferença para mim ou para meu trabalho.

Eu estava a ponto de lhe perguntar o que esse trabalho viria a ser, mas algo em seus modos me mostrou que a pergunta não seria bem recebida. Ponderei sobre nossa breve conversa, porém, e me dediquei à empreitada de tirar minhas deduções a partir dela. Holmes disse que não adquiriria nenhum conhecimento que não incidisse sobre seu objeto de estudo. Portanto, todo o conhecimento que ele possuía era tal que lhe seria útil. Enumerei em pensamento todos os vários pontos sobre os quais ele havia me mostrado que estava excepcionalmente bem informado. Cheguei até a pegar um lápis para anotá-los. Não pude deixar de sorrir com o documento quando o completei. Ficou assim:

Sherlock Holmes: seus limites.
1. Conhecimento de Literatura – Nulo.
2. Filosofia – Nulo.
3. Astronomia – Nulo.
4. Política – Frágil.
5. Botânica – Variável. Vasto em beladona, ópio e venenos em geral. Não conhece nada sobre jardinagem prática.
6. Geologia – Prático, mas limitado. Distingue os diferentes solos só de olhar. Após caminhadas, mostrou-me manchas em sua calça e me disse, de acordo com a cor e a consistência, em que parte de Londres as recebera.
7. Química – Profundo.
8. Anatomia – Preciso, mas não sistemático.

• A CIÊNCIA DA DEDUÇÃO •

9. Literatura sensacionalista – Imenso. Parece saber de todos os detalhes de cada horror perpetrado no século.
10. Toca bem violino.
11. É um especialista em esgrima com bastão, em boxe e na luta com espadas.
12. Tem um bom conhecimento prático da lei britânica.

Quando cheguei a esse ponto na minha lista, joguei-a no fogo, em desespero.

– Se ao menos eu pudesse descobrir o que o sujeito pretende ao juntar todos esses talentos e conseguisse descobrir uma vocação que necessite de todos eles – disse a mim mesmo –, poderia muito bem desistir da tentativa na mesma hora.

Vejo que, logo acima, aludi a seus dons com o violino. São muito notáveis, mas tão excêntricos quanto todos os seus outros talentos. Que ele tinha habilidade para tocar peças, e peças difíceis, eu sabia bem, pois, a meu pedido, executou parte dos *Lieder* de Mendelssohn e outros favoritos. Quando deixado sozinho, no entanto, ele raramente produzia música ou tentava algo reconhecido. Recostado na poltrona à noite, ele fechava os olhos e arranhava descuidadamente o violino, apoiado sobre o joelho. Às vezes, os acordes eram sonoros e melancólicos. Em ocasiões, eram fantásticos e alegres. Claramente, refletiam os pensamentos que o possuíam; agora, se a música auxiliava esses pensamentos, ou se era simplesmente o resultado de um capricho ou fantasia, era mais do que eu poderia determinar. Talvez eu teria me rebelado contra esses solos exasperantes se

Holmes não os costumasse terminar com uma rápida sucessão de uma série inteira dos meus favoritos, como ligeira compensação por colocar minha paciência à prova.

    Durante mais ou menos a primeira semana, ele não recebeu visitas, e eu havia começado a pensar que meu companheiro era tão desprovido de amigos quanto eu. Hoje em dia, no entanto, sei que ele tinha muitos conhecidos, e esses vinham das mais diferentes classes da sociedade. Havia um pequeno sujeito de pele pálida, cara de rato e olhos escuros que me foi apresentado como o sr. Lestrade e que veio três ou quatro vezes em uma única semana. Certa manhã, apareceu uma jovem elegantemente vestida, que ficou por meia hora ou mais. A mesma tarde trouxe um visitante roto, grisalho, parecendo um mascate judeu, que me pareceu ser muito animado e que foi seguido de perto por uma mulher idosa desmazelada. Em outra ocasião, um velho cavalheiro de cabelos brancos teve uma entrevista com meu companheiro; e em outra, um carregador ferroviário em seu uniforme de veludo. Quando qualquer um desses indivíduos pouco dignos de nota fazia uma aparição, Sherlock Holmes costumava implorar pelo uso da sala de estar, e eu me recolhia em meu quarto de dormir. Ele sempre me pedia desculpas por me apresentar tal inconveniente.

    – Tenho de usar este espaço como um local de negócios – disse –, e essas pessoas são meus clientes. – Mais uma vez, tive a oportunidade de lhe fazer uma pergunta direta, e, de novo, minha delicadeza me impediu de forçar o homem a confiar em mim. Imaginava, à época, que ele possuía alguma forte razão para não fazer alusão ao assunto, porém logo a ideia se dissipou, pois ele falou por vontade própria.

• A CIÊNCIA DA DEDUÇÃO •

No dia 4 de março, e tenho um bom motivo para recordar, levantei-me um pouco mais cedo do que o habitual e descobri Sherlock Holmes ainda por terminar o desjejum. A senhoria tinha se acostumado tanto com meus hábitos tardios que ainda não tinha posto meu lugar à mesa nem preparado meu café. Com a petulância irracional da humanidade, toquei a campainha e dei uma abrupta intimação de que eu estava pronto. Peguei uma revista da mesa e tentei ocupar o tempo com ela, enquanto meu companheiro mastigava silenciosamente a torrada. Um dos artigos tinha uma marca a lápis na manchete, e eu, naturalmente, comecei a passar os olhos por ele.

O título, um tanto ambicioso, era "O livro da vida" e pretendia mostrar o quanto um homem observador poderia aprender com um exame preciso e sistemático de tudo o que lhe surgia pelo caminho. Pareceu-me uma mistura notável de astúcia e absurdo. O raciocínio era estreito e intenso, mas as deduções me pareceram muito forçadas e exageradas. O escritor alegava que, por uma expressão momentânea, uma contração de um músculo ou um olhar, era capaz de decifrar os pensamentos mais íntimos de um homem. Enganar, segundo ele, era uma impossibilidade para uma pessoa treinada em observação e análise. Suas conclusões eram tão infalíveis quanto tantas proposições de Euclides. Tão impressionantes seus resultados pareceriam aos não iniciados que estes, até aprenderem os processos pelos quais ele chegara a tais conclusões, poderiam muito bem considerá-lo um necromante.

"De uma gota d'água", dizia o escritor, "um lógico poderia inferir a possibilidade de um Atlântico ou de um Niágara sem ter visto ou ouvido a respeito de um ou do outro. Portanto, toda a vida é uma grande corrente, e sua natureza passa a ser conhecida a partir de um único elo. Como todas as outras artes, a Ciência da Dedução e da Análise pode apenas ser adquirida por estudo longo e paciente, mas a vida não é longa o bastante para permitir a nenhum mortal conseguir a maior perfeição possível a respeito dela. Antes de se voltar para os aspectos morais e mentais da questão que apresenta as maiores dificuldades, o investigador deve começar dominando problemas mais elementares. Que ele, quando encontrar um companheiro mortal, aprenda com um só olhar a distinguir a história do homem e o ramo ou profissão ao qual ele pertence. Por mais pueril que pareça tal exercício, acentua as faculdades da observação e ensina *onde* procurar e o *que* procurar. Pelas unhas de um homem, pela manga do casaco, pela bota, pelo joelho da calça, pelas calosidades do dedo indicador e do polegar, pela expressão, pelos punhos da camisa; enfim, devido a cada uma dessas coisas, a vocação de um homem é plenamente revelada. Que tudo isso unido não seja capaz de esclarecer o investigador competente, em qualquer caso, é quase inconcebível."

– Que disparate inefável! – exaltei-me, batendo a revista na mesa. – Nunca li tanta bobagem na vida.

– O que foi? – perguntou Sherlock Holmes.

– Ora, este artigo – disse eu, apontando-o com minha colher de ovo, ao me acomodar para o desjejum. – Vejo que você o leu, pois o marcou. Não nego que seja escrito de forma inteligente, porém irrita-me. É, evidentemente, a teoria de alguém que desenvolve todos esses pequenos paradoxos na reclusão da poltrona de seu escritório. Não é prático. Eu gostaria de vê-lo na barulheira de um vagão de terceira classe do trem subterrâneo e lhe perguntar qual o ofício de todos os companheiros de viagem. Apostaria mil contra um.

– E perderia seu dinheiro – comentou Sherlock Holmes calmamente. – Quanto ao artigo, eu mesmo o escrevi.

– Você!

– Sim, tenho uma queda tanto pela observação como pela dedução. As teorias que expressei aí, e que lhe parecem tão quiméricas, são, de fato, extremamente práticas; tão práticas que dependo delas para obter meu pão e queijo.

– E como? – perguntei numa reação involuntária.

– Bem, tenho meu próprio ofício. Suponho que eu seja o único no mundo. Sou um detetive consultor, se você puder entender do que se trata. Aqui em Londres, temos muitos detetives do governo e muitos particulares. Quando esses camaradas não conseguem dar prosseguimento à investigação, vêm até mim, e consigo colocá-los de volta no rastro certo. Todas as provas me são expostas e, geralmente, com a ajuda do meu conhecimento de história criminal, sou capaz de colocá-las nos eixos. Há uma forte semelhança familiar nos delitos; se colocarmos todos os detalhes de mil deles na ponta dos dedos, é estranho que não se consiga desvendar o milésimo primeiro. Lestrade é um detetive conhecido. Recentemente, ele se meteu num nevoeiro a respeito de um caso de falsificação, e foi o que o trouxe aqui.

– E essas outras pessoas?

– Em geral, são enviadas por agências de detetives particulares. São todas com problemas a respeito de algo e querem algum esclarecimento. Ouço a história que me contam, ouvem meus comentários, e eu embolso meus honorários.

— Mas está querendo dizer que, sem sair da sala de casa, você consegue desemaranhar algum nó com que outros homens não conseguiram fazer nada, embora tenham visto todos os detalhes pessoalmente?

— Isso mesmo. Tenho uma espécie de intuição nesse aspecto. De vez em quando, aparece um caso um pouco mais complexo. Então, tenho que me mexer e ver as coisas com meus próprios olhos. Perceba que tenho muito conhecimento especial que aplico aos problemas, o que facilita as questões maravilhosamente. Tais regras de dedução mencionadas no referido artigo que despertou seu desprezo me são de valor inestimável no trabalho prático. A observação é uma segunda natureza minha. Você pareceu surpreso quando eu lhe disse, em nosso primeiro encontro, que você vinha do Afeganistão.

— Alguém lhe contou, sem dúvida.

— Nada disso. Eu *sabia* que você vinha do Afeganistão. Devido ao longo hábito, a sequência de pensamentos corre de modo tão veloz na minha mente que cheguei à conclusão sem tomar consciência das etapas intermediárias. Essas etapas existem, no entanto. A linha de raciocínio foi a seguinte: "Aqui está um cavalheiro de tipo médico, mas com ares de militar. Portanto, claramente um médico do exército. Acaba de chegar dos trópicos, pois seu rosto está moreno, e este não é o tom natural de sua pele, o que se percebe pelos punhos de tom claro. Passou por dificuldades e doença, como as evidências atestam em seu rosto sofrido. O braço esquerdo foi ferido; ele o segura de modo rígido e não natural. Onde nos trópicos poderia um médico do exército inglês ter visto tantas adversidades e ter ferido o braço? É claro que no Afeganistão". Toda a linha de pensamento não gastou nem um segundo. Na sequência, apontei que você veio do Afeganistão, o que o deixou perplexo.

– É bastante simples quando você me explica – comentei, sorrindo. – Faz-me lembrar de Dupin, de Edgar Allan Poe. Eu não fazia ideia de que tais indivíduos existissem fora das histórias.

Sherlock Holmes levantou-se e acendeu o cachimbo.

– Sem dúvida, você acha que está me elogiando ao me comparar com Dupin – observou. – Bem, na minha opinião, Dupin era um sujeito muito inferior. Esse truque que ele tinha de invadir os pensamentos dos amigos com uma observação a propósito, depois de um quarto de hora de silêncio, é realmente muito exibicionista e superficial. Ele tinha algum gênio analítico, não nego; mas não era, de forma alguma, esse fenômeno todo que Poe parecia imaginar que fosse.

– Já leu as obras de Gaboriau? – perguntei. – Por acaso Lecoq faz jus à sua ideia de detetive?

Sherlock Holmes fungou de modo sardônico.

– Lecoq era um trapalhão miserável – disse, em tom irritado. – Só tinha uma coisa a recomendá-lo, e era a energia. Aquele livro me deixou, de fato, doente. A questão era como identificar um prisioneiro desconhecido. Eu poderia tê-lo feito em vinte e quatro horas. Lecoq levou seis meses, mais ou menos. Poderia servir para elaborar um livro-texto com o propósito de ensinar aos detetives o que evitar.

Senti-me um pouco indignado ao me deparar com dois personagens que eu admirava tratados nesse estilo irreverente. Fui até a janela e fiquei olhando para a rua movimentada.

– Esse sujeito pode ser muito inteligente – falei a mim mesmo –, mas com certeza é muito convencido.

– Não há crimes nem criminosos hoje em dia – criticou ele, queixosamente. – Em nossa profissão, qual é a utilidade de ter cérebro? Sei muito bem que posso tornar meu nome famoso.

Nenhum homem vivo, ou que já viveu, trouxe a mesma quantidade de estudo e de talento natural para a detecção do crime quanto eu. E qual é o resultado? Não há crime para investigar, ou, no máximo, alguma vilania desordeira com um motivo tão transparente que até mesmo um oficial da Scotland Yard não consiga desvendar.

Eu ainda estava contrariado por seu estilo arrogante de conversa. Achei que fosse melhor mudar de assunto.

– O que será que aquele sujeito está procurando? – perguntei, apontando para um indivíduo robusto, vestido com trajes comuns, descendo pelo outro lado da rua, olhando para os números com ansiedade. Tinha um grande envelope azul na mão, e era, evidentemente, o portador de uma mensagem.

– Você quer dizer o sargento da reserva dos fuzileiros navais – disse Sherlock Holmes.

"Arrogância e atrevimento!", pensei comigo mesmo. "Ele sabe que não posso comprovar o palpite."

O pensamento mal tinha passado pela minha cabeça quando o homem que estávamos observando avistou o número na nossa porta e correu rapidamente para atravessar a rua. Ouvimos uma batida forte, uma voz grave lá embaixo, e passos pesados subindo a escada.

– Para o sr. Sherlock Holmes – avisou, dando um passo para dentro do cômodo e entregando a carta ao meu amigo.

Aqui estava uma oportunidade de tirar a vaidade de Holmes. Ele pouco havia pensado quando deu o palpite aleatório.

– Se me permite perguntar, companheiro – falei, com a voz mais branda –, qual é o seu ofício?

– Mensageiro, senhor – respondeu, mal-humorado. – Uniforme no concerto.

• A CIÊNCIA DA DEDUÇÃO •

— E antes era? — perguntei, com um olhar um pouco malicioso para meu companheiro.

— Sargento, senhor, da Infantaria Ligeira da Marinha Real, senhor. Nenhuma resposta? Certo, senhor.

Ele bateu os calcanhares, ergueu a mão numa saudação e foi embora.

Capítulo 3

• O MISTÉRIO DE LAURISTON GARDENS •

Confesso que me causou considerável alarme essa nova prova da natureza prática das teorias do meu companheiro. Meu respeito por seu poder de análise teve um aumento assombroso. Uma suspeita residual ainda espreitava em minha mente, porém, dizendo que aquilo tudo era um episódio pré-arranjado para me impressionar; se bem que o propósito terreno que ele poderia ter para me enganar estava além da minha compreensão. Quando olhei para Sherlock Holmes, ele tinha acabado de ler a mensagem, e seus olhos tinham assumido uma vaga expressão baça que mostrava abstração mental.

– Como diabos você deduziu?

– Deduzi o quê? – disse ele, com petulância.

– Ora, que ele era um sargento da reserva dos fuzileiros navais.

– Não tenho tempo para ninharias – respondeu bruscamente; em seguida, com um sorriso: – Desculpe a grosseria. Você interrompeu minha linha de raciocínio; mas talvez não seja de todo mau. Quer dizer que você não percebeu mesmo que aquele homem era um sargento dos fuzileiros navais?

— De fato não percebi.

— Foi mais fácil perceber do que seria explicar por que eu sabia. Se lhe pedissem para provar que dois e dois são quatro, você poderia encontrar alguma dificuldade, ainda que tenha certeza do fato. Mesmo do outro lado da rua, pude ver uma grande âncora azul tatuada no dorso da mão do camarada. Isso remete ao mar. Tinha uma postura militar, no entanto, e costeletas típicas. E aí temos o fuzileiro. Tratava-se de um homem com certa carga de autoimportância e certo ar de comando. Você deve ter observado a maneira como ele andava de cabeça erguida e balançava a bengala. Pela face, via-se um homem firme, respeitável, de meia-idade também; ou seja, todos os fatos que me levaram a acreditar que ele fora sargento no passado.

— Maravilhoso! — exclamei.

— Lugar-comum — completou Holmes, embora eu achasse que, por sua expressão, estivesse satisfeito com minha evidente surpresa e admiração. — Disse há pouco que não havia criminosos. Parece que estou errado, olhe isso! — Jogou-me a mensagem trazida pelo homem.

— Ora essa! — exaltei-me, ao passar os olhos pelo papel. — É terrível!

— Parece ser um pouco fora do comum — observou, com calma. — Você se importaria de lê-lo em voz alta?

Esta é a carta que li para ele:

Meu caro sr. Sherlock Holmes,
Houve um mau incidente durante a noite, em Lauriston Gardens, 3, próximo à Brixton Road. Nosso homem em serviço viu uma luz no local, por

volta das duas da manhã; como a casa estava vazia, ele suspeitou de que algo estivesse errado. Encontrou a porta aberta e, na sala da frente, onde não há mobília, descobriu o corpo de um cavalheiro, bem-vestido, com cartões no bolso onde se lia "Enoch J. Drebber, de Cleveland, Ohio, EUA". Não houve roubo nem há qualquer indício de como o homem encontrou a morte. Há marcas de sangue na sala, mas não há ferimentos sobre sua pessoa. Não sabemos como ele entrou na casa vazia; de fato, todo o caso é intrigante. Se puder vir até a casa em qualquer momento antes das doze horas, o senhor me encontrará lá. Deixei tudo **in statu quo** *até receber um retorno seu. Se não puder vir, posso lhe oferecer mais pormenores, e consideraria uma grande gentileza se o senhor pudesse me favorecer com a sua opinião.*
Com os melhores cumprimentos,
Tobias Gregson.

— Gregson é o mais astuto dos oficiais da Scotland Yard — observou meu amigo. — Ele e Lestrade são o que se salva numa safra ruim. Ambos são ágeis e energéticos, mas tão convencionais que chega a ser chocante. Também apontariam facas um para o outro. São ciumentos como duas beldades profissionais. Haverá um pouco de diversão neste caso se os dois se depararem com a pista.

Fiquei espantado com a calma com que ele prosseguiu.

— Certamente não há um minuto a perder — exclamei. — Devo providenciar um carro de aluguel?

– Ainda não estou certo se eu deveria ir ou não. Sou o diabo mais incuravelmente preguiçoso que já andou com sapatos de couro, isto é, quando a conveniência é prerrogativa minha, pois posso ser bastante ágil às vezes.

– Ora, esse é exatamente o tipo de chance pelo qual você ansiava.

– Meu caro rapaz, o que me importa? Suponhamos que eu desvende todo o incidente. Você pode estar certo de que Gregson, Lestrade e companhia vão embolsar todos os créditos. Isso é o que acontece quando se é um personagem não oficial.

– Mas ele implora sua ajuda.

– Sim. Ele sabe que sou superior e me demonstra reconhecimento; mas poderia arrancar a língua antes de dar crédito a uma pessoa de fora. Entretanto, podemos ir dar uma olhada. Devo trabalhar no assunto de forma independente. Se eu não tiver nada melhor para fazer, ainda posso rir da cara deles. Vamos!

Vestindo o sobretudo às pressas, ele saiu rapidamente de um jeito que mostrava o ímpeto energético sobrepujando o apático.

– Pegue seu chapéu – disse ele.

– Quer que eu vá junto?

– Quero, se não tiver nada melhor para fazer. – Um minuto depois, estávamos os dois num cabriolé, seguindo furiosamente para a Brixton Road.

Era uma manhã nevoenta e nublada. Um véu pardo pairava sobre o topo das casas, parecendo o reflexo das ruas cor de lama, abaixo. Meu companheiro estava no melhor dos humores e tagarelou por um bom tempo sobre violinos Cremona, e a diferença entre um Stradivarius e um Amati. Quanto a mim, fiquei em silêncio, pois o clima sem graça e o assunto melancólico no qual nos envolvemos deprimia meus humores.

– Você não parece dar muita atenção ao assunto em mãos – mencionei, enfim, interrompendo a digressão musical de Holmes.

– Ainda não há dados – respondeu. – É um erro capital teorizar antes de ter todas as provas. Enviesa o julgamento.

– Você vai ter seus dados em breve – comentei, apontando com o dedo. – Eis a Brixton Road, e aquela é a casa, se não estou muito enganado.

– De fato é. Pare, cocheiro, pare! – Ainda estávamos a cerca de cem metros, mas ele insistiu em nosso desembarque, de forma que terminamos a jornada a pé.

O número 3 da Lauriston Gardens tinha uma aparência agourenta e ameaçadora. Era uma das quatro casas um pouco afastadas da rua, sendo que duas estavam ocupadas, e duas, vazias. A última nos olhava com três fileiras de janelas vagas e melancólicas, vazias e sombrias, exceto que, aqui e acolá, um cartaz de "Aluga-se" havia se desenvolvido como catarata sobre painéis de vidro turvos. Um pequeno jardim polvilhado por uma erupção esparsa de plantas doentias separava cada uma das casas da rua e era atravessado por um caminho estreito, de cor amarelada e que consistia, pelo visto, de uma mistura de argila e cascalho. Todo o lugar estava bem enlameado por causa da chuva que caíra durante a noite. O jardim era delimitado por uma parede de tijolos de quase um metro de altura com uma fileira de grade de madeira sobre o topo. De encontro a essa parede estava apoiado um robusto policial, cercado por um pequeno grupo de desocupados, que esticavam o pescoço e apertavam os olhos na esperança vã de vislumbrar algo do que acontecia lá dentro.

Imaginei que Sherlock Holmes entraria na casa às pressas e mergulharia no estudo do mistério. Nada parecia mais longe de suas intenções. Com um ar indiferente que, nas circunstâncias, beiravam a afetação, andava despreocupado pela calçada, observando o chão com olhos vagos, o céu, as casas em frente e a fileira do gradil. Ao terminar sua observação, ele procedeu lentamente pelo caminho, quer dizer, pela franja de grama que flanqueava o caminho, mantendo os olhos voltados para o chão. Duas vezes ele parou, e numa eu o vi sorrir, e o ouvi proferir uma exclamação satisfeita. Havia muitas marcas de pegadas sobre o solo de barro úmido; mas, como a polícia andara de um lado para o outro sobre ele, eu não conseguia enxergar como meu companheiro poderia ter esperanças de descobrir coisa alguma a partir do terreno. Ainda assim, eu tivera tal prova extraordinária da argúcia de suas faculdades perceptivas que não tive dúvida de que ele poderia enxergar muita coisa que, para mim, era oculta.

Na porta da casa, fomos recebidos por um homem alto, de rosto branco e cabelos cor de linho, segurando uma caderneta, e que se adiantou para apertar a mão do meu companheiro com efusão.

– É muita gentileza da sua parte ter vindo – disse ele. – Deixei tudo intocado.

– Menos isso! – respondeu meu amigo, apontando para o caminho na entrada. – Se um rebanho de búfalos tivesse passado por ali não poderia ter provocado mais bagunça. Sem dúvida, no entanto, você havia tirado as próprias conclusões antes de permitir tudo isso, Gregson.

– Tive muito o que fazer dentro da casa – retrucou o detetive, evasivo. – Meu colega, o sr. Lestrade, está aqui. Eu confiara que ele cuidaria disso.

Holmes me lançou um olhar e ergueu as sobrancelhas sardonicamente.

– Com dois homens tais como você e Lestrade trabalhando no caso, não haverá muito que um terceiro possa descobrir.

Gregson esfregou as mãos uma na outra, satisfeito consigo mesmo.

– Penso que todos fizemos o que podia ser feito – respondeu. – É um caso estranho, porém, e eu conhecia seu gosto por esse tipo de coisas.

– Não veio até aqui num carro de aluguel? – perguntou Sherlock Holmes.

– Não, senhor.

– Nem Lestrade?

– Não, senhor.

– Então nos deixe dar uma olhada no cômodo. – Com tal observação inconsequente ele entrou na casa, seguido por Gregson, cujas feições expressavam espanto.

Uma curta passagem, empoeirada e de tábuas nuas, levava à cozinha e aos aposentos. Duas portas se abriam para ela, da esquerda e da direita. Era evidente que uma estivera fechada por muitas semanas. A outra pertencia à sala de jantar, o cômodo onde o caso misterioso acontecera. Holmes entrou, e eu o segui com aquele sentimento tênue no coração que a presença da morte inspira.

Era um grande cômodo quadrado, parecendo ainda maior pela ausência de quaisquer móveis. Um chamativo papel vulgar decorava as paredes, mas estava manchado em pontos com mofo, e, aqui e ali, grandes tiras haviam se descolado e estavam dependuradas, expondo o estuque amarelado por baixo. Em frente à porta, havia uma lareira vistosa, encimada por uma cornija que imitava mármore branco. Sobre um dos cantos da lareira, estava um toco de vela vermelha. A janela solitária estava tão suja que a luz entrava difusa e incerta, projetando um tom acinzentado sobre tudo, intensificado pela grossa camada de poeira que cobria o ambiente.

Todos esses detalhes eu observei depois. Naquele momento, minha atenção estava centrada sobre a única figura infeliz que jazia estirada sobre as tábuas do assoalho, com olhos vagos e cegos fitando o teto manchado. Era um homem de uns 43 ou 44 anos de idade, estatura mediana, ombros largos, cabelos pretos crespos e uma barba curta. Vestia uma sobrecasaca pesada de casimira e colete, com calças de cor clara, e colarinho e punhos imaculados. Uma cartola, bem escovada e em boas condições, estava colocada no chão ao seu lado. As mãos estavam crispadas, e os braços abertos, enquanto os membros inferiores estavam torcidos como se sua luta de morte tivesse sido penosa. A face rígida tinha uma expressão de horror e, ao que me parecia, de ódio, tal como eu nunca vira em feições humanas. Essa contorção maligna e terrível, combinada com a fronte baixa, o nariz achatado e a mandíbula prognata, dava ao morto uma singular aparência simiesca, intensificada pela postura retorcida, antinatural. Já vi a morte em muitas formas, mas nunca me apareceu num aspecto mais assustador do que naquela sala sombria, que dava para uma das principais artérias do subúrbio de Londres.

Lestrade, magro e mais parecido com um furão do que nunca, estava parado junto à porta e cumprimentou meu companheiro e a mim.

– Este caso vai causar um rebuliço, senhor – comentou.
– Supera qualquer coisa que eu já tenha visto, e não sou covarde.

– Não há nenhuma pista? – perguntou Gregson.

– Absolutamente nenhuma – respondeu Lestrade.

Sherlock Holmes se aproximou do corpo e, ajoelhando-se, examinou-o atentamente.

– Tem certeza de que não há nenhum ferimento? – perguntou, apontando para as inúmeras gotas de sangue respingadas em toda parte.

– Positivo! – exclamaram ambos os detetives.

– Então, é claro, este sangue pertence a um segundo indivíduo; presume-se que ao assassino, se é que foi cometido assassinato. Isso me lembra as circunstâncias externas que envolveram a morte de Van Jansen, em Utrecht, em 1834. Lembra-se do caso, Gregson?

– Não, senhor.

– Leia sobre ele; você realmente deveria. Não há nada de novo sob o sol. Tudo já foi feito antes.

Enquanto falava, seus dedos ágeis voavam aqui, voavam ali e voavam em toda parte, sentindo, pressionando, desabotoando, examinando, enquanto seus olhos exibiam a mesma expressão distante que já observei acima. O exame foi feito com tanta rapidez que dificilmente alguém teria adivinhado a minúcia com que foi conduzido. Por fim, Holmes cheirou os lábios do morto, e depois deu uma olhada pelas solas das chamativas botas de couro.

– Ele não foi movido de nenhuma forma? – indagou.

– Não mais do que era necessário para os propósitos do nosso exame.

– Já podem levá-lo para o necrotério – disse ele. – Não há nada mais a ser extraído daqui.

Gregson tinha uma maca e quatro homens à disposição. Ao seu chamado, eles entraram na sala; o estranho foi erguido e levado. Ao levantarem-no, um anel tilintou depois de cair e rolou pelo chão. Lestrade o pegou e fitou com olhos intrigados.

– Uma mulher esteve aqui – declarou. – É uma aliança de casamento feminina.

Estendeu-a na palma da mão, enquanto falava. Todos nos reunimos em sua volta e ficamos observando. Não poderia haver dúvida alguma de que aquele aro de ouro simples um dia adornara o dedo de uma noiva.

– Isso complica as coisas – avaliou Gregson. – Só Deus sabe que já estavam complicadas o suficiente antes.

– Tem certeza de que não simplifica? – observou Holmes. – Não há nada a ser apreendido do anel. O que encontrou nos bolsos?

– Temos tudo aqui – avaliou Gregson, apontando para uma coleção de objetos sobre um dos degraus inferiores da escada. – Um relógio de ouro, nº 97.163, feito por Barraud, em Londres. Corrente de ouro estilo Albert, muito pesada e sólida. Anel de ouro, com símbolo maçônico. Fecho de ouro: uma cabeça de buldogue com olhos de rubi. Suporte de couro russo para cartões pertencentes a Enoch J. Drebber de Cleveland, correspondendo ao monograma E. J. D. sobre o lenço. Sem porta-níquel, mas com dinheiro solto no valor de sete libras e treze. Edição de bolso do *Decamerão*, de Boccaccio, com o nome de Joseph Stangerson na folha de rosto. Duas cartas: uma dirigida a E. J. Drebber e outra a Joseph Stangerson.

— Em que endereço?

— American Exchange, na Strand, Londres. Aguardar para ser retirada pelo destinatário. Ambas são da Companhia de Navios a Vapor Guion e se referem à partida de suas embarcações de Liverpool. É claro que esse infeliz homem estava prestes a voltar para Nova Iorque.

— Foi feito algum tipo de questionamento a respeito desse outro homem, Stangerson?

— Fiz imediatamente, senhor — disse Gregson. — Enviei anúncios a todos os jornais, e um dos meus homens foi a American Exchange, mas ainda não retornou.

— Já entrou em contato com Cleveland?

— Telegrafamos nesta manhã.

— Como você elaborou os questionamentos?

— Simplesmente detalhamos as circunstâncias e dissemos que ficaríamos gratos por quaisquer informações que pudessem nos ajudar.

— Não pediu pormenores sobre nenhum ponto que lhe parecesse crucial?

— Perguntei sobre Stangerson.

— Nada mais? Não há alguma circunstância que pareça nortear todo o caso? Não pretende telegrafar novamente?

— Já disse tudo o que tinha a dizer — respondeu Gregson, em tom ofendido.

Sherlock Holmes riu para si mesmo e parecia prestes a fazer algum apontamento quando Lestrade, que ficara na sala da frente enquanto travávamos essa conversa no corredor, reapareceu em cena, esfregando as mãos de um jeito pomposo e satisfeito.

— Sr. Gregson — disse ele —, acabei de fazer uma descoberta da maior importância, e uma que teria sido negligenciada se eu não houvesse feito um exame minucioso das paredes.

Os olhos do homenzinho brilhavam enquanto ele falava, e era evidente que se encontrava num estado de exultação suprimida por ter marcado um ponto contra o colega.

— Venham aqui — pediu, voltando apressado para a sala, cuja atmosfera parecia mais clara desde a remoção do hóspede medonho. — Agora, fiquem aí!

Riscou um fósforo na sola da bota e o segurou próximo à parede.

— Vejam só! — exclamou, triunfante.

Eu observara que o papel havia se soltado em partes. No canto em questão, uma grande porção descolara, expondo um quadrado amarelo de estuque áspero. Sobre o espaço vazio, rabiscada em letras vermelho-sangue, uma única palavra:

Rache

— O que pensa disso? — exclamou o detetive, com o ar de um apresentador presidindo seu espetáculo. — Passara batido porque estava no canto mais escuro da sala, e ninguém pensou em olhar aqui. O assassino o escreveu com o próprio sangue. Vejam essa mancha, onde escorreu da parede! Esse elemento acaba com a ideia de suicídio, de qualquer forma. Por que aquele canto foi escolhido para escrever a palavra? Eu lhes digo por quê. Vejam a vela sobre a cornija. Estava acesa naquele momento, como se, iluminado, este canto se tornasse o mais claro, e não o mais escuro da parede.

– E o que significa agora que o tenha, *de fato*, encontrado? – indagou Gregson em tom depreciativo.

– O que significa? Ora, que a pessoa pretendia escrever o nome feminino Rachel, mas foi perturbada antes que tivesse tempo de terminar. Guarde minhas palavras: quando esse caso for solucionado, vai descobrir que a mulher chamada Rachel tinha algo a ver com a história. Rir é muito fácil, sr. Sherlock Holmes. O senhor pode ser muito esperto e inteligente, mas, no fim das contas, o velho cão de caça é o melhor.

– Peço que realmente me perdoe! – redimiu-se meu companheiro, que havia eriçado o homenzinho ao cair na gargalhada. – Certamente, o crédito é seu por ser o primeiro de nós a fazer a descoberta, e, como diz, a palavra tem todos os traços de ter sido escrita pelo outro participante da cena, no mistério da noite passada. Ainda não tive tempo de examinar o cômodo, mas com sua permissão devo fazê-lo agora mesmo.

Ao falar, sacou uma fita métrica e uma grande lupa de dentro do bolso. Com os dois instrumentos, caminhou pela sala sem fazer ruído, às vezes parando, ajoelhando-se em ocasiões, e uma vez deitando-se de cara no chão. Tão envolvido estava ele com a atividade que parecia ter-se esquecido da nossa presença, pois conversava baixinho consigo mesmo o tempo todo, soltando uma saraivada de exclamações, grunhidos, assovios e pequenos gritos sugestivos de encorajamento e esperança. Enquanto o observava, lembrei-me, de forma irresistível, de um cão de caça bem treinado, entrando e saindo em disparada do esconderijo, ganindo ansioso, até que encontrasse o rastro perdido. Por vinte minutos ou mais, ele continuou suas pesquisas, medindo com o mais cuidadoso esmero a distância entre marcas invisíveis e ocasionalmente aplicando a fita em paredes num padrão igualmente incompreensível. Em um local, pegou com muito cuidado um amontoadinho de poeira cinzenta do chão e o colocou dentro de um envelope. Por fim, examinou com a lupa a palavra na parede, passando por cada letra com a mais precisa exatidão. Isso feito, pareceu estar satisfeito, pois devolveu a fita e a lupa ao bolso.

– Dizem que genialidade é a capacidade infinita de suportar inconvenientes – apontou com um sorriso. – É uma péssima definição, mas se aplica ao trabalho de detetive.

Gregson e Lestrade haviam observado as manobras do companheiro amador com considerável curiosidade e alguma hostilidade. Era evidente que não apreciavam o fato, o qual eu começava a compreender, de que as mais ínfimas ações de Sherlock Holmes eram todas dirigidas a algum fim definido e prático.

– O que pensa de tudo isso, senhor? – ambos perguntaram.

– Estaria lhes roubando o crédito do caso se tivesse a pretensão de oferecer minha ajuda – ponderou meu amigo. – Estão indo tão bem agora que seria uma pena alguém interferir. – Havia um mundo de sarcasmo em sua voz. – Se me permitirem saber como vai sua investigação – continuou –, ficarei feliz em prestar toda a ajuda que puder. Nesse meio-tempo, preciso falar com o policial que encontrou o corpo. Podem me fornecer o nome e o endereço do cavalheiro?

Lestrade olhou na caderneta.

– John Rance – respondeu. – Não está em serviço no momento. O senhor o encontrará no número 46 de Addley Court, Kennington Park Gate.

Holmes tomou nota do endereço.

– Venha também, doutor – disse. – Temos que procurá-lo. Vou lhes dizer uma coisa que pode ajudar no caso – continuou, virando-se para os dois detetives. – Ocorreu um assassinato, e o assassino era homem. Tem mais de um metro e oitenta de altura, estava na flor da idade, tinha pés pequenos para a altura, calçava botas rústicas de bico quadrado e fumava charuto Trichinopoly. Veio até aqui com a vítima num carro de aluguel de quatro rodas, puxado por um cavalo com três ferraduras velhas e uma nova, na pata dianteira, e existem todas as probabilidades de o assassino ter o rosto vermelho e as unhas da mão direita especialmente longas. São apenas alguns indícios, mas podem ajudá-los.

Lestrade e Gregson se entreolharam com um sorriso incrédulo.

– Se aquele homem foi assassinado, como isso foi feito? – perguntou o primeiro.

– Veneno – disse Sherlock Holmes, lacônico, e saiu andando. – Outra coisa, Lestrade – acrescentou, virando-se já na porta –, "Rache" é a palavra alemã para "vingança", portanto não perca seu tempo procurando pela srta. Rachel.

Com essa frase de despedida, ele se foi e deixou os dois rivais boquiabertos para trás.

Capítulo 4

• O QUE JOHN RANCE TINHA A DIZER •

Era uma hora da tarde quando deixamos o número 3 de Lauriston Gardens. Sherlock Holmes me levou à agência de telégrafos mais próxima, de onde despachou um longo telegrama. Depois, parou um carro de aluguel e deu ordens ao cocheiro para nos levar ao endereço indicado por Lestrade.

– Não há nada como provas em primeira mão – observou. – Aliás, minha decisão sobre o caso já está tomada, mas ainda não faria mal conhecermos as informações que podem ser conhecidas.

– Você me surpreende, Holmes – disse eu. – Mas certamente não tem tanta certeza de todos aqueles detalhes quanto fingiu ter.

– Não há espaço para o engano – respondeu. – A primeiríssima coisa que observei ao chegar lá foi que o carro de aluguel havia feito dois rastros com as rodas perto da calçada. Veja bem, não tivemos chuvas por uma semana até ontem à noite, portanto aquelas rodas que deixaram duas trilhas tão profundas passaram ali durante a noite. Também havia as marcas dos cascos do cavalo, sendo que uma delas tinha contornos muito mais nítidos do que as outras três, demonstrando que era uma ferradura nova. Já que o coche chegou depois que a chuva começou, e não estava mais lá, em nenhum momento, durante a manhã, segundo atestou Gregson, a consequência é que deve ter estado ali apenas durante a noite e, portanto, foi esse coche que trouxe os dois indivíduos para a casa.

– Parece bem simples – comentei –, mas e quanto à altura do homem?

– Ora, a altura de um homem, em nove entre dez casos, pode ser deduzida pelo tamanho da passada. Foi bem simples de calcular, embora entediá-lo com números, doutor, não tenha a menor serventia para mim. Descobri a passada do sujeito tanto no barro lá fora quanto na poeira, do lado de dentro. Depois, pude conferir o cálculo. Quando um homem escreve numa parede, o instinto o leva a fazê-lo na altura dos olhos. Pois bem, aquele escrito estava aproximadamente a um metro e oitenta do chão. Foi brincadeira de criança.

– E a idade?

– Bem, se um homem consegue dar um passo de quase um metro e quarenta sem o menor esforço, não pode ter chegado ainda ao outono das folhas amarelas de sua vida. Essa era a largura da poça no caminho do jardim sobre o qual, ficou evidente, ele cruzou. Botas de verniz deram a volta, e as de bico quadrado saltaram por cima. Não há mistério algum. Estou apenas aplicando na vida cotidiana alguns daqueles preceitos de observação e dedução que defendi no artigo. Há mais alguma coisa que o intriga?

– As unhas da mão e o Trichinopoly – sugeri.

– O escrito na parede foi feito com o dedo indicador do homem, mergulhado em sangue. Minha lupa me permitiu observar que o estuque foi levemente arranhado no processo, o que não teria acontecido se a unha do sujeito fosse aparada. Juntei um pouquinho de cinzas do chão. Eram de cor escura e formavam flocos; esse tipo de cinzas só é produzido por um Trichinopoly. Fiz um estudo especial das cinzas de charutos; inclusive, escrevi uma monografia sobre o assunto. Orgulho-me de conseguir distinguir, só de olhar, as cinzas de qualquer marca conhecida, de charuto ou de tabaco. É em tais detalhes que o detetive habilidoso se diferencia do tipo de Gregson e Lestrade.

– E o rosto vermelho?

– Ah, esse foi um palpite mais ousado, embora não tenha dúvida de que esteja certo. Você não deve me fazer essa pergunta no estado presente da questão.

Passei a mão sobre a fronte.

– Minha cabeça está girando – comentei. – Quanto mais penso, mais o mistério cresce. Como foi que esses dois homens, se é que foram dois homens, entraram numa casa vazia? O que foi feito do cocheiro que os levou até lá? Como um homem pode compelir o outro a tomar veneno? De onde veio o sangue? Qual era o objetivo do assassino, já que roubo não figura no caso? Como a aliança da mulher foi parar ali? Acima de tudo, por que o segundo homem escreveria a palavra alemã "rache" antes de partir tão precocemente? Confesso que não vejo nenhuma forma possível de conciliar todos esses fatos.

Meu companheiro mostrou um sorriso de aprovação.

– As dificuldades da situação foram resumidas bem e sucintamente por você – disse ele. – Isso ainda está obscuro, embora eu tenha me decidido no que concerne aos fatos principais.

Quanto à descoberta do pobre Lestrade, foi apenas um engodo que pretendia colocar a polícia na pista errada, ao sugerir socialismo e sociedades secretas. Não foi feito por um alemão. A letra A, se você notou, foi desenhada, de alguma forma, à moda alemã. Porém, um alemão verdadeiro invariavelmente usa o caractere latino, portanto podemos afirmar com segurança que não foi escrito por um alemão, mas por um imitador desastrado que se esmerou mais do que deveria. Foi apenas um estratagema para desviar a investigação para um canal errado. Não vou lhe dizer muito mais sobre o caso, doutor. Um ilusionista perde a credibilidade quando explica o truque, e, se eu lhe mostrar muito do meu método de trabalho, chegará à conclusão de que sou um indivíduo muito comum, afinal de contas.

– Nunca faria isso – respondi. – Você trouxe a detecção o mais próximo de uma ciência exata do que ela jamais será retratada neste mundo.

Meu companheiro corou satisfeito diante das minhas palavras e da forma sincera como as proferi. Já observara que ele era tão sensível às lisonjas sobre o resultado de sua arte como qualquer garota a respeito da própria beleza.

– Digo-lhe outra coisa – continuou. – Botas de Verniz e Bico Quadrado vieram no mesmo coche e desceram juntos pelo caminho no jardim, de forma tão amigável quanto possível, de braços dados, com toda a probabilidade. Quando entraram na casa, andaram de um lado para o outro; isto é, Botas de Verniz ficou parado, enquanto Bico Quadrado andava de um lado para o outro. Li tudo isso na poeira; e li que, ao andar, ele ficou mais e mais exaltado, o que se mostrava pelo aumento da largura das passadas. Durante todo o tempo ele falou, sem dúvida, crescendo em fúria. E então a tragédia aconteceu. Contei-lhe o que sei até agora, pois o resto são meras suposições e conjecturas. Temos uma boa base de trabalho, no entanto, sobre a qual começar. Devemos nos apressar, pois quero ir esta tarde ao concerto de Hallé para ouvir Norman Neruda.

Essa conversa ocorreu enquanto nosso carro de aluguel serpenteava pela longa sucessão de ruas sujas e becos medonhos. No mais sujo e mais medonho deles, nosso cocheiro parou de repente.

– Ali fica Audley Court – disse, apontando para uma fenda estreita na sequência de tijolos cor de morte. – Os senhores me encontrarão aqui quando voltarem.

Audley Court não era um local atraente. A passagem estreita nos levou a um quadrilátero pavimentado com lajotas e cercado por sórdidos domicílios. Fomos andando entre crianças sujas e varais de lençóis manchados, até chegarmos ao número 46, uma porta decorada com uma pequena lingueta de latão onde se lia gravado o nome *Rance*. Depois de perguntarmos, descobrimos que o policial estava na cama, e fomos levados a uma pequena sala de estar para esperarmos sua chegada.

Ele apareceu depressa, com jeito irritado por ter sido perturbado em seu sono.

– Fiz meu relatório à delegacia.

Holmes pegou o meio soberano do bolso e brincou com ele, pensativo.

– Gostaríamos de ouvi-lo dos seus próprios lábios – disse.

– Ficaria felicíssimo em lhe dizer tudo o que puder – respondeu o policial, com olhos no pequeno disco de ouro.

– Então nos conte do seu jeito, da forma como aconteceu.

Rance sentou-se no sofá de crina e franziu as sobrancelhas como se determinado a não omitir nada em sua narrativa.

– Vou contar do começo – informou. – Meu expediente é das dez da noite às seis da manhã. Às onze, houve uma briga no White Hart; mas, fora isso, estava bem tranquilo na minha região. À uma da manhã começou a chover. Encontrei Harry Murcher, o responsável por Holland Grove, e ficamos juntos conversando na esquina da Henrietta Street. Naquele momento, talvez às duas, ou um pouco depois, pensei em dar uma volta e ver se estava tudo certo na Brixton Road. Estava preciosamente sujo e solitário. Nem uma alma encontrei no caminho até lá, embora um carro de aluguel ou dois tivessem passado por mim. Estava caminhando, pensando comigo mesmo em como cairiam muito bem uns quatro dedos de gim quente, quando, de súbito, um lampejo de luz chamou minha atenção na janela dessa mesma casa. Veja, eu sabia que aquelas duas residências em Lauriston Gardens estavam vazias porque o proprietário não quis cuidar dos esgotos, embora o último inquilino que morou ali tivesse morrido de febre tifoide. Foi por isso que fiquei embasbacado ao ver uma luz na janela e suspeitei de que algo estava errado. Quando cheguei à porta...

– O senhor parou e voltou para o portão do jardim – interrompeu meu companheiro. – Por que fez isso?

Rance deu um pulo violento e encarou Sherlock Holmes com o mais absurdo espanto nas feições.

– Ora, é verdade, senhor – anuiu ele –, mas só Deus sabe como o senhor sabe. Veja bem, quando cheguei à porta, estava tudo tão parado e solitário que achei melhor ter alguém comigo. Não tenho medo de nada deste lado da cova, mas achei que talvez fosse o sujeito que morreu de febre tifoide inspecionando os esgotos que o mataram. O pensamento me deu um pouco de náusea, por isso voltei ao portão para ver se conseguia avistar a lanterna de Murcher, mas não havia sinal dele, nem de mais ninguém.

– Não havia ninguém na rua?

– Nem uma alma viva, senhor, nem mesmo um cachorro. Então recuperei a coragem, voltei e abri a porta. Tudo estava em silêncio do lado de dentro, por isso entrei na sala onde estava a luz. Uma vela de cera vermelha tremeluzia sobre a cornija, e pela luz eu vi...

– Sim, sei tudo o que viu. Andou pelo cômodo várias vezes, e se ajoelhou ao lado do corpo, e depois atravessou e tentou a porta da cozinha, e então...

John Rance levantou-se num sobressalto, com uma expressão assustada e suspeita nos olhos.

– Onde o senhor se escondeu para ver tudo isso? – exaltou-se. – Parece-me que sabe muito mais do que deveria.

Holmes riu e jogou o cartão de visitas sobre a mesa do policial.

– Não venha me prender pelo crime – disse. – Sou um dos cães de caça, não o lobo; o sr. Gregson ou o sr. Lestrade poderão atestar. Mas prossiga. O que fez em seguida?

Rance retomou o assento, sem perder a expressão perplexa.

– Voltei para o portão e soei o apito, o que trouxe Murcher e mais dois para o local.

– A rua estava vazia nessa hora?

– Bem, estava, pelo menos no que diz respeito aos bons.

– Como assim?

As feições do policial se abriram num sorriso.

– Já vi muitos sujeitos bêbados no meu tempo, mas nunca alguém que bebera mais do que a enseada. Estava no portão quando eu saí, apoiado no gradil e cantando a plenos pulmões sobre a Novíssima Bandeira de Columbine, ou algo assim. Nem conseguia ficar em pé, que dirá ajudar.

– Que tipo de homem era ele? – perguntou Sherlock Holmes.

John Rance pareceu um tanto irritado com a digressão.

– Era um tipo bêbado incomum. Teria ido parar na delegacia se não estivéssemos tão compenetrados.

– O rosto, os trajes, não os notou? – Holmes interrompeu, impaciente.

– Só posso pensar que notei, pois tive que o escorar; eu e Murcher juntos. Era um camarada comprido, cara vermelha, com a parte inferior do rosto coberta...

– Já basta – declarou Holmes. – O que aconteceu com ele?

– Já tínhamos muito a fazer sem termos que cuidar dele – respondeu o policial, num tom agravado. – Aposto que chegou muito bem em casa.

– Como estava vestido?

– Um sobretudo marrom.

– Tinha um chicote na mão?

– Um chicote... não.

– Deve tê-lo deixado para trás – murmurou meu companheiro. – Por acaso não viu ou ouviu um carro de aluguel depois disso?

– Não.

– Aqui está o meio soberano – disse meu companheiro, levantando-se e tirando o chapéu. – Receio que não vá subir muito na corporação, Rance. A cabeça não é só enfeite, é para ser usada. Noite passada você poderia ter ganho suas listras de sargento. O homem que você segurou nas mãos era o sujeito que detém a pista deste mistério e aquele que estamos procurando. É inútil discutir a esse respeito agora, mas lhe digo que assim foi. Vamos, doutor.

Começamos juntos o caminho para o carro de aluguel, deixando nosso informante incrédulo, porém obviamente desconfortável.

– Tolo desastrado – disse Holmes, com amargura, no caminho para o nosso apartamento. – Só de pensar no fato de o sujeito ter essa sorte incomparável e não tirar vantagem alguma dela!

– Ainda estou no escuro. É verdade que a descrição desse homem coincide com a ideia que você tem da segunda parte do mistério. Mas por que ele voltou para a casa depois de sair dela? Os criminosos não agem assim.

– O anel, homem, o anel: foi por isso que ele voltou. Se não tivermos outra maneira de capturá-lo, podemos sempre lançar nossa isca com o anel. Vou pegar esse homem, doutor; aposto dois para um que vou pegá-lo. Devo lhe agradecer por tudo. Pode ser que eu não tivesse ido se não fosse por você, e assim teria perdido o melhor estudo com o qual já me deparei: um estudo em vermelho, hein? Por que não usamos um pouco do jargão artístico? Há o fio vermelho do assassinato correndo pela meada descolorida da vida, e nosso dever é descmaranhá-lo, isolá-lo e expor cada centímetro dele. E agora para o almoço, e depois para Norman Neruda. Seu ataque e sua execução são esplêndidos. Que coisinha linda de Chopin ela interpreta tão magnificamente: Tra-la-la-lira-lira-lei.

Recostando-se no interior do carro de aluguel, aquele cão de caça amador cantarolou como uma cotovia, enquanto eu meditava sobre a multifacetada mente humana.

Capítulo 5

• Nosso anúncio traz um visitante •

Nossos esforços da manhã tinham sido demais para minha frágil saúde; pela tarde, eu precisava muito descansar. Depois que Holmes saiu para o concerto, eu me deitei no sofá e me esforcei para conseguir algumas horas de sono. Foi uma tentativa inútil. Minha mente ficara muito agitada com todo o ocorrido, e as mais estranhas ideias e conjeturas agora a povoavam. Toda vez que fechava os olhos, via diante de mim o rosto distorcido de babuíno do homem assassinado. Tão sinistra era a impressão deixada em mim por aquela face que achava difícil sentir qualquer coisa que não fosse gratidão pela pessoa que havia retirado do mundo o seu dono. Se alguma vez as expressões humanas falaram de vícios do tipo mais maligno, certamente foram as de Enoch J. Drebber, de Cleveland. Ainda assim, eu reconhecia que a justiça deveria ser feita e que a depravação da vítima não era desculpa aos olhos da lei.

Quanto mais eu pensava nela, mais extraordinária me parecia a hipótese de meu companheiro de que o homem fora envenenado. Lembrei-me de como Holmes lhe cheirara os lábios, e não tive mais dúvidas de que havia detectado algo que dera origem à ideia. Ademais, se não veneno, o que teria causado a morte do homem, já que não havia nem feridas nem marcas de estrangulamento? Entretanto, de quem era a camada tão grossa de sangue no chão? Não havia sinais de luta, como a vítima também não tinha qualquer arma com a qual pudesse ter ferido um antagonista. Enquanto todas essas perguntas permanecessem sem solução, sentia que o sono não seria fácil, quer fosse para Holmes, quer fosse para mim. Seus tranquilos e autoconfiantes modos me convenciam de que já havia formado uma teoria para explicar todos os fatos, embora o que era, nem por um instante, eu poderia conjeturar.

Holmes retornou muito tarde – tão tarde que eu sabia que o concerto não poderia tê-lo detido por todo aquele tempo. O jantar estava na mesa antes que ele aparecesse.

– Foi magnífico – disse, ao tomar assento. – Você se lembra do que Darwin diz sobre a música? Ele afirma que o poder de produzi-la e apreciá-la existia no seio da raça humana muito antes do poder da fala. Possivelmente é por isso que somos influenciados pela música de maneira tão sutil. Em nossa alma há vagas lembranças daqueles séculos enevoados da infância do mundo.

– É uma ideia bastante ampla – observei.

– As ideias devem ser tão amplas quanto a Natureza para que possam interpretá-la – respondeu. – Qual o problema? Você não está se parecendo muito consigo mesmo. Esse caso da Brixton Road o aborreceu.

– Para dizer a verdade, aborreceu – reforcei. – Eu deveria estar mais calejado depois de minhas experiências afegãs. Vi meus próprios camaradas retalhados em pedaços em Maiwand, sem perder a coragem.

– Posso compreender. O mistério que há nisso estimula a imaginação; onde não há imaginação não há terror. Já viu o jornal vespertino?

– Não.

– Traz um bom relato do caso. Não menciona o fato de que, quando o homem foi levantado, uma aliança feminina caiu no chão. Faz todo o sentido.

– Por quê?

– Olhe para este anúncio – respondeu ele. – Mandei enviar para todos os jornais esta manhã, imediatamente após o caso.

Jogou o jornal em minha frente, e eu olhei no local indicado. Era o primeiro anúncio na coluna "Achados".

"Em Brixton Road, esta manhã", dizia, "uma aliança de casamento em ouro puro foi encontrada na rua, entre a taverna 'White Hart' e Holland Grove. Procurar dr. Watson, 221B, Baker Street, entre oito e nove horas desta noite."

– Desculpe-me por usar seu nome – lamuriou-se. – Se usasse o meu, alguns desses imbecis iriam reconhecê-lo e querer se meter no assunto.

– Não tem problema – respondi. – Mas, supondo que alguém apareça, não tenho aliança alguma.

– Ah, sim, você tem – falou, entregando-me uma. – Essa vai servir muito bem. É quase um fac-símile.

– E quem você espera que vá responder a esse anúncio?

– Ora, o homem de casaco marrom, nosso amigo de rosto vermelho com botas de bico quadrado. Se não vier ele mesmo, enviará um cúmplice.

– Será que ele não consideraria muito perigoso?

– De modo algum. Se minha visão do caso estiver correta, e tenho todos os motivos para acreditar que está, esse homem vai preferir arriscar qualquer coisa a perder o anel. Segundo acredito, ele o deixou cair quando estava inclinado sobre o corpo de Drebber e, naquele momento, não sentiu falta dele. Foi depois de deixar a casa que descobriu a perda e voltou às pressas, porém já encontrou a polícia em cena, devido ao erro crasso de deixar a vela queimando. Teve que fingir estar bêbado a fim de dissipar as suspeitas que poderiam ter sido despertadas por sua aparição no portão. Agora, ponha-se no lugar daquele homem. Ao pensar no assunto, deve ter-lhe ocorrido a possibilidade da perda do anel na rua depois de deixar a casa. O que ele faria, então? Procuraria avidamente nos jornais vespertinos, na esperança de vê-lo entre os artigos encontrados. Seu olhar, é claro, seria atraído pelo anúncio. Ficaria exultante. Por que deveria temer uma armadilha? Não haveria motivo algum, do seu ponto de vista, para que o encontro do anel se ligasse ao assassinato. Ele viria. Ele virá. Você vai vê-lo dentro de uma hora.

– E então? – indaguei.

– Ah, deixe que eu lido com ele. Tem alguma arma?

– Tenho meu antigo revólver de serviço e alguns cartuchos.

– É melhor limpá-lo e carregá-lo. O sujeito será um homem desesperado, e, embora eu vá pegá-lo desprevenido, é bom estar pronto para qualquer coisa.

Fui para o meu quarto e segui seu conselho. Quando voltei com a pistola, a mesa havia sido limpa, e Holmes estava engajado em sua ocupação favorita de arranhar o violino.

— A trama se complica – disse ele, quando entrei. – Acabo de receber uma resposta ao meu telegrama americano. Minha opinião sobre o caso é a correta.

— E qual é? – perguntei ansiosamente.

— Minha rabeca ficaria melhor com cordas novas – comentou. – Coloque a pistola no bolso. Quando o sujeito vier, fale com ele de um jeito normal. Deixe o resto por minha conta. Não o assuste com um olhar muito duro.

— São oito horas agora – comentei, olhando para meu relógio.

— Sim. É provável que ele esteja aqui em alguns minutos. Abra ligeiramente a porta. Assim está bom. Agora ponha a chave do lado de dentro. Obrigado! Este é um livro velho esquisito que comprei numa barraca ontem: *De Jure inter Gentes*, publicado em latim em Liège, nos países baixos, em 1642. A cabeça de Carlos I ainda estava firme sobre os ombros quando este pequeno volume de lombada marrom foi impresso.

— Quem é o impressor?

— Philippe de Croy, seja lá quem possa ter sido. Na folha de rosto, em tinta bem desbotada, está escrito "Ex libris Guliolmi Whyte". Gostaria de saber quem foi William Whyte. Algum advogado pragmático do século XVII, eu suponho. Sua escrita tem um quê jurídico. Aí vem nosso homem, creio eu.

Enquanto falava, houve um dobre distinto da campainha. Sherlock Holmes se levantou suavemente e afastou a cadeira na direção da porta. Ouvimos a criada passar pelo corredor e o ruído seco no trinco quando ela destrancou a porta.

— O dr. Watson mora aqui? – perguntou uma voz clara, mas um tanto áspera. Não conseguimos ouvir a resposta da criada, mas a porta se fechou, e alguém começou a subir as escadas. Os passos eram incertos e embaralhados. Um olhar de surpresa perpassou a face do meu companheiro enquanto ele prestava atenção ao ruído. Veio aproximando-se devagar pelo corredor, e houve uma batida frágil na porta.

– Entre! – exclamei.

Ao meu chamado, em vez do homem violento que esperávamos, uma mulher muito velha e enrugada coxeou para dentro do apartamento. Parecia ofuscada pelo brilho repentino da luz e, depois de fazer uma reverência, ficou piscando para nós com os olhos turvos, mexendo no bolso com dedos nervosos e trêmulos. Lancei um olhar para meu companheiro, cujo rosto assumiu uma expressão tão desconsolada que tive muita dificuldade em manter o semblante.

A velha tirou um jornal vespertino e apontou para nosso anúncio.

– Foi isso que me trouxe, bons cavalheiros – disse ela, fazendo outra mesura. – Uma aliança de ouro na Brixton Road. Pertence à minha menina Sally, que se casou faz só doze meses; o marido dela é criado de bordo num navio da Union, e não consigo nem pensar no que ele diria se chegasse em casa e a encontrasse sem a aliança, já que ele tem pavio curto na maioria das vezes, só que ainda mais quando toma umas. Se quer saber, ela foi ao circo ontem à noite com...

– Esta é a aliança? – perguntei.

– Louvado seja o Senhor! – exclamou a velha. – Esta noite a Sally vai ser uma mulher feliz. Essa é a aliança.

– E qual seria seu endereço? – questionei, pegando um lápis.

– Número 13 da Duncan Street, Houndsditch. Bem longe daqui.

— Brixton Road não fica entre nenhum circo e Houndsditch – alardeou Sherlock Holmes, incisivo.

A velha virou o rosto e lançou um olhar cortante para Holmes, com seus olhinhos vermelhos.

— O cavalheiro ali pediu o *meu* endereço. A Sally mora num quarto alugado no número 3 de Mayfield Place, Peckham.

— E seu sobrenome é...?

— Meu sobrenome é Sawyer, o dela é Dennis, porque o Tom Dennis se casou com ela, um rapaz inteligente, limpo, também, contanto que esteja no mar, e nenhum criado de bordo está em mais alta conta na empresa; mas, quando ele está em terra, com as mulheres e as tavernas...

— Aqui está sua aliança, sra. Sawyer – interrompi, obedecendo a um sinal do meu companheiro. – Sem dúvida pertence à sua filha; estou contente de poder devolvê-la à legítima proprietária.

Com muitos resmungos de bênçãos e protestos de gratidão, a velha guardou a aliança no bolso e se arrastou escada abaixo. Sherlock Holmes se levantou no momento em que ela se foi, e correu para o quarto. Voltou poucos segundos depois, envolto em sobretudo e cachecol.

— Vou segui-la – disse, apressadamente. – Ela deve ser uma cúmplice e vai me levar a ele. Espere por mim acordado. – A porta do corredor mal havia batido atrás da nossa visitante e Holmes já estava descendo a escada.

Olhando pela janela, eu podia vê-la andar debilmente do outro lado da rua, enquanto seu perseguidor lhe seguia o rastro a pequena distância.

"Ou toda sua teoria está incorreta", pensei comigo mesmo, "ou então agora ele será levado para o coração do mistério".

Não havia necessidade de Holmes me pedir para esperar por ele, pois eu sentia que dormir seria impossível até que ouvisse o resultado de sua aventura.

Era perto das nove quando ele partiu. Eu não tinha ideia de quanto demoraria, mas fiquei sentado impassível, fumando meu cachimbo e folheando *Vie de Bohème*, de Henri Murger. Bateram as dez horas, e ouvi os passos da criada tamborilar a caminho da cama. Onze, e os passos mais imponentes da senhoria passaram pela minha porta com o mesmo destino. Já dera as doze quando ouvi som distinto do trinco da porta. No instante em que Holmes entrou, vi por seu rosto que não tinha sido bem-sucedido. Diversão e decepção pareciam lutar pela predominância, até que de repente a primeira levou a melhor, e ele explodiu numa gargalhada.

– Não queria que a Scotland Yard soubesse disso por nada no mundo! – exclamou, deixando-se cair em sua poltrona. – Já zombei tanto deles que nunca me deixariam em paz. Posso me dar ao luxo de rir, pois sei que no longo prazo vou estar quite com eles.

– O que foi, então?

– Oh, não me importo de contar uma história contra mim mesmo. Aquela criatura havia percorrido um curto caminho quando começou a coxear e mostrar todos os sinais de dor nos pés. Nesse momento, ela se deteve e parou um coche que vinha passando. Eu estava perto o suficiente para ouvir o endereço, mas não precisava ter ficado tão ansioso, pois ela o cantou em voz alta, de modo que podia ser ouvido do outro lado da rua: "Ao número 13 da Duncan Street, Houndsditch", gritou. Isso começa a parecer genuíno, pensei, e, depois de vê-la entrar em segurança, empoleirei-me atrás. É uma arte em que todo detetive deveria ser especialista. Bem, e assim prosseguimos sacudindo, sem nunca puxar as rédeas até chegarmos ao endereço em questão. Saltei antes de alcançarmos a porta, e saí andando pela rua de modo tranquilo, despreocupado. Vi o carro de aluguel parar. O cocheiro desceu, e o observei abrir a porta e esperar. Porém, nada saiu. Quando cheguei, o cocheiro tateava freneticamente na cabine vazia, e dava vazão à melhor e mais variada coleção de pragas que eu já escutara na vida. Não havia sinal ou vestígio da passageira, e receio que leve algum tempo para que o homem receba sua tarifa. Ao perguntar no número 13, descobrimos que a casa pertencia a um respeitável colocador de papel de parede, chamado Keswick, e que jamais se tinha ouvido falar de alguém de nome Sawyer ou Dennis por lá.

– Não está querendo me dizer – exclamei, com espanto – que aquela velha, fraca e cambaleante, foi capaz de sair do coche em movimento sem que você ou o cocheiro a tivessem visto?

– A velha que se dane! – disse Sherlock Holmes, bruscamente. – Nós é que fizemos papel de velhas por termos sido ludibriados dessa forma. Deve ter sido um jovem, e um jovem muito ativo, por sinal, além de ser um ator incomparável. O figurino era inimitável. Ele viu que foi seguido, sem dúvida, e usou esse meio para me despistar. O episódio mostra que o homem que buscamos não é tão solitário quanto eu imaginava que fosse, mas tem amigos prontos para arriscar alguma coisa por ele. Enfim, doutor, parece exausto. Siga meu conselho e vá se recolher.

Eu estava me sentindo muito cansado, certamente, por isso obedeci à ordem. Deixei Holmes sentado diante da lareira em brasas, e longamente pela vigília da noite eu ouvi os gemidos baixos e melancólicos de seu violino; sabia que ele ainda estava pensando sobre o estranho problema que havia se disposto a desvendar.

Capítulo 6

• TOBIAS GREGSON MOSTRA DO QUE É CAPAZ •

No dia seguinte, os jornais estavam cheios do "Mistério de Brixton", como o chamaram. Cada um trazia um longo relato do caso, e alguns inclusive tinham editoriais a respeito. Havia algumas informações novas para mim. Ainda mantenho no meu caderno de recortes numerosos fragmentos e excertos que versam sobre o caso. Aqui está uma compilação de alguns deles:

O *Daily Telegraph* observou que, na história do crime, raramente houvera tragédias que apresentassem características mais estranhas. O nome alemão da vítima, a ausência de qualquer outro motivo e a inscrição sinistra na parede, tudo apontava para a autoria de refugiados políticos e revolucionários. Os socialistas tinham muitos ramos na América, e o falecido, sem dúvida, violara as leis não escritas e fora perseguido por eles. Depois de aludir alegremente a Vehmgericht, aquatofana, aos carbonários, à marquesa de Brinvilliers, à teoria darwiniana, aos princípios de Malthus e aos assassinatos de Ratcliff Highway, o artigo concluía admoestando o governo e defendendo maior vigilância em relação a estrangeiros na Inglaterra.

O *Standard* comentava sobre o fato de que ultrajes sem lei daquele tipo ocorriam, geralmente, sob um governo liberal. Surgiam da inquietação da mente das massas e do consequente enfraquecimento de toda autoridade. O falecido era um cavalheiro americano que residira por algumas semanas na Metrópole. Estivera hospedado na pensão de Madame Charpentier, em Torquay Terrace, Camberwell. Era acompanhado nas viagens por seu secretário particular, o sr. Joseph Stangerson. Os dois deram adeus à senhoria na terça-feira, dia 4 do mês corrente, e partiram para a Euston Station com a intenção declarada de pegar o expresso para Liverpool. Foram posteriormente vistos juntos na plataforma. Nada mais se sabe deles até que o corpo do sr. Drebber foi, como registrado, descoberto em uma casa vazia na Brixton Road, a muitos quilômetros de Euston. Como chegou lá, ou como encontrou seu destino, são questões ainda envolvidas em mistério. Nada se conhece do paradeiro de Stangerson. Folgamos em saber que o sr. Lestrade e o sr. Gregson, da Scotland Yard, estão ambos envolvidos no caso, e temos convicção de que esses conhecidos oficiais lançarão luz sobre o assunto rapidamente.

O *Daily News* observou que não havia dúvida quanto ao crime ser de cunho político. O despotismo e o ódio ao liberalismo, que animava os governos continentais, tiveram o efeito de dirigir para nossa costa um sem-número de homens que poderiam ter-se tornado excelentes cidadãos se não estivessem azedados pela lembrança de tudo o que tinham sofrido. Entre esses homens havia um rigoroso código de honra; qualquer violação seria punida com a morte. Todos os esforços devem ser feitos para encontrar o secretário, Stangerson, e apurar alguns pormenores sobre os hábitos do falecido. Um grande passo foi vencido pela descoberta do endereço da casa onde ele se hospedara – um resultado inteiramente devido à agudeza e à energia do sr. Gregson, da Scotland Yard.

Sherlock Holmes e eu lemos essas notícias juntos durante o desjejum, e pareciam lhe proporcionar considerável diversão.

– Eu lhe disse que, a despeito do que acontecesse, Lestrade e Gregson com certeza levariam o crédito.

– Depende de como a questão se resolver.

– Oh, é bondade sua dizer, mas isso não tem a menor importância. Se o homem for pego, será *por causa* dos esforços deles; se escapar, será *apesar* dos esforços deles. É "cara" eu ganho e "coroa" você perde. Seja lá o que fizerem, vão ter seguidores. "*Un sot trouve toujours un plus sot qui l'admire.*"[1]

– Que diabo é isso? – exclamei, pois nesse momento ouviu-se o tamborilar de muitos passos no corredor e nas escadas, acompanhado de audíveis expressões de desaprovação por parte da nossa senhoria.

– São os irregulares de Baker Street – revelou meu companheiro, com gravidade; enquanto falava, entraram no cômodo às pressas meia dúzia dos mais sujos e esfarrapados moleques sobre os quais eu já pusera os olhos.

– Seeentido! – exclamou Holmes, num tom abrupto, e os seis patifinhos sujos formaram uma fila, como várias estátuas de má reputação.

---

1 Do francês, "Um tolo sempre encontra um tolo maior que o admire". (N.T.)

– No futuro, deverão enviar apenas Wiggins para o relatório, e o resto deve esperar na rua. Já o encontrou, Wiggins?

– Não, senhor – disse um dos jovens.

– Eu não esperava que encontrassem. Devem continuar até que encontrem. Aqui estão os salários de vocês. – Entregou um xelim a cada menino. – Agora, vão. Voltem com um relatório melhor da próxima vez.

Ele fez um gesto, e os garotos saíram correndo escada abaixo qual meia dúzia de ratos, e ouvimos suas vozes estridentes no instante seguinte, na rua.

– É possível obter mais trabalho de um desses pequenos mendigos do que de uma dúzia de homens da força policial – Holmes comentou. – A mera visão de uma pessoa de aparência policial sela os lábios dos homens. Esses jovens, no entanto, vão a todo lugar e ouvem tudo. Também são afiados como agulhas; só precisam de organização.

– É nesse caso Brixton que você os está empregando?

– Sim; há um ponto que eu gostaria de averiguar. É apenas uma questão de tempo. Ora, ora! Estamos prestes a ouvir algumas notícias veementes! Aí vem Gregson, descendo a rua com beatitude escrita sobre cada feição do seu rosto. Vindo em nossa direção, eu sei. Sim, ele está parando. Ali está!

Houve um estrondo violento na campainha, e em poucos segundos o detetive de cabelos louros subiu as escadas, três degraus de cada vez, e irrompeu em nossa sala de estar.

– Meu caro amigo – exclamou, apertando a mão inerte de Holmes –, dê-me os parabéns! Deixei a coisa toda clara como o dia.

Uma sombra de ansiedade me pareceu cruzar o rosto expressivo do meu companheiro.

– Quer dizer que está na trilha certa? – perguntou.
– Trilha certa! Ora, senhor, temos o homem a sete chaves.
– E qual é o nome dele?
– Arthur Charpentier, subtenente da Marinha de Sua Majestade – declarou Gregson, pomposamente, esfregando as mãos gordas uma na outra e inflando o peito.

Sherlock Holmes deu um suspiro de alívio e relaxou com um sorriso.

– Sente-se e experimente um destes charutos – disse. – Estamos ansiosos para saber como conseguiu. Aceita uísque e água?

– Sim, aceito – respondeu o detetive. – Os esforços tremendos pelos quais passei durante os últimos um ou dois dias me desgastaram. Não tanto o físico, veja bem, mas foi um esforço para a mente. Sei que apreciará, sr. Sherlock Holmes, pois ambos somos operários do cérebro.

– Você me faz muita honra – disse Holmes, gravemente. – Vamos ouvir como chegou a esse resultado tão gratificante.

O detetive sentou-se na poltrona e deu uma baforada complacente no charuto. Então, de repente, deu um tapa na coxa num paroxismo de divertimento.

– A graça disso tudo – exclamou – é que aquele tolo do Lestrade, que se acha tão esperto, saiu no rastro de uma pista totalmente errada. Ele foi atrás do secretário, Stangerson, que tem tanto a ver com o crime quanto um bebê não nascido. Não tenho dúvida alguma de que já o pegou a esta altura.

A ideia mexia tanto com Gregson que ele riu até se engasgar.

– E como conseguiu a pista?

– Ah, vou lhe dizer tudo. Claro, dr. Watson, isso fica estritamente entre nós. A primeira dificuldade que enfrentamos foi encontrar os antecedentes desse americano. Algumas pessoas teriam esperado até que os anúncios fossem respondidos, ou até que pessoas se manifestassem e oferecessem informações. Esse não é o modo de trabalho de Tobias Gregson. O senhor se lembra do chapéu ao lado do falecido?

– Sim – disse Holmes. – Feito por John Underwood e Filhos, em Camberwell Road, 129.

Gregson parecia um tanto cabisbaixo.

– Eu não fazia ideia de que o senhor havia notado. Esteve lá?

– Não.

– Aha! – gritou Gregson, em tom aliviado. – Nunca se deve negligenciar uma chance, por menor que possa parecer.

– Para uma grande mente, nada é pequeno – comentou Holmes, sentencioso.

– Bem, fui a Underwood e lhe perguntei se vendera um chapéu daquele tamanho e descrição. Ele procurou nos livros e encontrou o registro de imediato. O chapéu fora enviado para um sr. Drebber, residente no pensionato de Charpentier, em Torquay Terrace. Foi assim que obtive o endereço.

– Astuto... muito astuto! – murmurou Sherlock Holmes.

– Em seguida, fiz uma visita à madame Charpentier – continuou o detetive. – Encontrei-a muito pálida e angustiada. Sua filha também estava na sala, uma bela menina ela é, inclusive; parecia ter os olhos vermelhos, e seus lábios tremiam quando falei com ela. O fato não me passou despercebido. Senti cheiro de algo estranho no ar. O senhor conhece o sentimento, sr. Sherlock Holmes, quando se depara com a pista certa, um tipo de excitação nos nervos. "A senhora já ouviu falar da misteriosa morte do seu hóspede, o sr. Enoch J. Drebber, de Cleveland?", perguntei-lhe. A mãe concordou. Não parecia

— Quer dizer que está na trilha certa? – perguntou.
— Trilha certa! Ora, senhor, temos o homem a sete chaves.
— E qual é o nome dele?
— Arthur Charpentier, subtenente da Marinha de Sua Majestade – declarou Gregson, pomposamente, esfregando as mãos gordas uma na outra e inflando o peito.

Sherlock Holmes deu um suspiro de alívio e relaxou com um sorriso.

— Sente-se e experimente um destes charutos – disse. – Estamos ansiosos para saber como conseguiu. Aceita uísque e água?

— Sim, aceito – respondeu o detetive. – Os esforços tremendos pelos quais passei durante os últimos um ou dois dias me desgastaram. Não tanto o físico, veja bem, mas foi um esforço para a mente. Sei que apreciará, sr. Sherlock Holmes, pois ambos somos operários do cérebro.

— Você me faz muita honra – disse Holmes, gravemente. – Vamos ouvir como chegou a esse resultado tão gratificante.

O detetive sentou-se na poltrona e deu uma baforada complacente no charuto. Então, de repente, deu um tapa na coxa em um paroxismo de divertimento.

— A graça disso tudo – exclamou – é que aquele tolo do Lestrade, que se acha tão esperto, saiu no rastro de uma pista totalmente errada. Ele foi atrás do secretário, Stangerson, que tem tanto a ver com o crime quanto um bebê não nascido. Não tenho dúvida alguma de que já o pegou a esta altura.

A ideia mexia tanto com Gregson que ele riu até se engasgar.

— E como conseguiu a pista?

— Ah, vou lhe dizer tudo. Claro, dr. Watson, isso fica estritamente entre nós. A primeira dificuldade que enfrentamos foi encontrar os antecedentes desse americano. Algumas pessoas teriam esperado até que os anúncios fossem respondidos, ou até que pessoas se manifestassem e oferecessem informações. Esse não é o modo de trabalho de Tobias Gregson. O senhor se lembra do chapéu ao lado do falecido?

– Sim – disse Holmes. – Feito por John Underwood e Filhos, em Camberwell Road, 129.

Gregson parecia um tanto cabisbaixo.

– Eu não fazia ideia de que o senhor havia notado. Esteve lá?
– Não.
– Aha! – gritou Gregson, em tom aliviado. – Nunca se deve negligenciar uma chance, por menor que possa parecer.

– Para uma grande mente, nada é pequeno – comentou Holmes, sentencioso.

– Bem, fui a Underwood e lhe perguntei se vendera um chapéu daquele tamanho e descrição. Ele procurou nos livros e encontrou o registro de imediato. O chapéu fora enviado para um sr. Drebber, residente no pensionato de Charpentier, em Torquay Terrace. Foi assim que obtive o endereço.

– Astuto... muito astuto! – murmurou Sherlock Holmes.

– Em seguida, fiz uma visita à madame Charpentier – continuou o detetive. – Encontrei-a muito pálida e angustiada. Sua filha também estava na sala, uma bela menina ela é, inclusive; parecia ter os olhos vermelhos, e seus lábios tremiam quando falei com ela. O fato não me passou despercebido. Senti cheiro de algo estranho no ar. O senhor conhece o sentimento, sr. Sherlock Holmes, quando se depara com a pista certa, um tipo de excitação nos nervos. "A senhora já ouviu falar da misteriosa morte do seu hóspede, o sr. Enoch J. Drebber, de Cleveland?", perguntei-lhe. A mãe concordou. Não parecia capaz de pronunciar uma palavra. A filha começou a se debulhar em lágrimas. Senti, mais do que nunca, que aquelas pessoas sabiam alguma coisa sobre o assunto.

"'A que horas o sr. Drebber saiu de sua casa para pegar o trem?', perguntei.

"'Às oito horas', ela me disse, engolindo em seco para conter a agitação. 'O secretário dele, o sr. Stangerson, disse que havia dois trens: um às nove e quinze e outro às onze. Pretendia pegar o primeiro.'

"'E foi a última vez em que o viu?'

"Uma terrível mudança tomou o rosto da mulher quando fiz a pergunta. Suas feições se tornaram perfeitamente lívidas. Passaram-se alguns segundos antes que ela pudesse pronunciar uma única palavra, 'Sim', e, quando o fez, foi em tom rouco e antinatural.

"Houve silêncio por um momento, e depois a filha falou em voz clara e calma: 'Nada de bom jamais pode advir de falsidade, mãe. Sejamos francas com este cavalheiro. Nós *vimos* o sr. Drebber novamente'.

"'Que Deus tenha piedade de você!', gritou a madame Charpentier, jogando as mãos para o alto e afundando-se na cadeira. 'Você assassinou seu irmão.'

"'Arthur teria preferido que falássemos a verdade', a menina respondeu com firmeza.

"'É melhor me contarem tudo sobre isso agora', eu disse. 'Meias-confidências são piores do que nenhuma. Além do mais, as senhoras não sabem o quanto nós sabemos do caso.'

"'Que você assuma sua responsabilidade, Alice!', gritou a mãe; e, em seguida, voltando-se para mim: 'Vou lhe dizer, senhor. Não pense que minha agitação em nome do meu filho surja de qualquer medo de que ele tenha participado nesse terrível caso. A inocência dele é absoluta. Meu medo, no entanto, é de que, a seus olhos e aos olhos dos outros, ele possa parecer estar comprometido. Porém, é certamente impossível. O caráter elevado, a profissão, os antecedentes dele, tudo isso o impediria.'

"'Sua melhor opção é fazer uma confissão completa dos fatos', respondi. 'Tenha a minha palavra, se seu filho for inocente, não será prejudicado em nada.'

"'Talvez, Alice, seja melhor nos deixar a sós', disse ela, e a filha se retirou. 'Agora, senhor', continuou, 'eu não tinha a intenção de lhe dizer tudo isso, mas, desde que minha pobre filha fez a revelação, não tenho alternativa. Uma vez que decida falar, vou lhe dizer tudo sem omitir nenhum pormenor'.

"'É seu curso de ação mais sensato', disse eu.

"'O sr. Drebber esteve conosco por quase três semanas. Ele e o secretário, o sr. Stangerson, tinham viajado pelo continente. Notei um selo *Copenhagen* sobre cada um de seus baús, mostrando que esse tinha sido seu último ponto de parada. Stangerson era um homem reservado e quieto, mas seu empregador, lamento dizer, estava muito longe disso. Era grosseiro nos hábitos e bruto nos modos. Na mesma noite de sua chegada, ficou muito pior por causa da bebida e, de fato, depois das doze horas do dia seguinte, dificilmente poderia ser considerado sóbrio. Os modos dele para com as criadas eram repugnantes: livres e íntimos. O pior de tudo, ele rapidamente assumiu a mesma atitude para com minha filha, Alice, e lhe falou, mais de uma vez, em uma maneira que, felizmente, ela é muito inocente para entender. Numa ocasião, chegou até mesmo a agarrá-la e abraçá-la, um ultraje que fez seu próprio secretário censurá-lo pela conduta vil.'

"'Mas por que a senhora suportou tudo isso?', perguntei. 'Suponho que pudesse se livrar de seus pensionistas quando desejasse.'

"A sra. Charpentier corou com a minha pertinente pergunta. 'Quisera Deus que eu o tivesse mandado embora no mesmo dia em que chegou', disse ela. 'Mas foi uma tentação dolorida. Pagariam uma libra por dia, cada; catorze libras por semana, e esta é a baixa temporada. Sou viúva, meu garoto na Marinha me custou muito. Tive receio de perder o dinheiro. Agi pensando no melhor. Porém, esse último acontecimento foi demais, e eu o notifiquei a ir embora. Essa foi a razão de sua partida.'

"'E então?'

"'Meu coração ficou leve quando o vi se afastar. Meu filho está de licença nesse momento, mas não lhe contei nada a respeito disso tudo, pois seu temperamento é violento, e ele tem um carinho impetuoso pela irmã. Quando fechei a porta atrás deles, um fardo pareceu ter sido retirado da minha mente. Ai de mim, em menos de uma hora, tocaram a campainha, e descobri que o sr. Drebber tinha retornado. Estava muito animado e, evidentemente, pior pela embriaguez. Entrou forçosamente na sala onde eu estava sentada com minha filha e fez um comentário incoerente sobre ter perdido o trem. Então virou-se para Alice e, diante do meu próprio rosto, propôs que ela fugisse com ele. "Você é maior de idade", afirmou, "e não há lei que impeça. Tenho dinheiro suficiente e de sobra. Não dê importância para essa moça velha aqui; venha comigo agora, imediatamente. Você deveria viver como uma princesa." A pobre Alice ficou tão assustada que se encolheu para longe dele, mas ele a pegou pelo pulso e se esforçou para levá-la até a porta. Eu gritei, e nesse momento o meu filho Arthur entrou na sala. O que aconteceu depois eu não sei. Ouvi xingamentos e os sons confusos de uma briga. Estava apavorada demais para levantar a cabeça. Quando olhei, vi Arthur parado na porta rindo, com um pedaço de pau na mão. "Não acho que esse sujeito distinto vá nos incomodar de novo", disse ele. "Vou atrás para ver que fim ele dará para si mesmo." Com essas palavras, ele pegou o chapéu e começou a descer a rua. Na manhã seguinte, soubemos da morte misteriosa do sr. Drebber.'

– Essa declaração veio dos lábios da Sra. Charpentier, entre muitos suspiros e pausas. Às vezes, ela falava tão baixo que eu mal conseguia entender as palavras. Entretanto, fiz notas taquigráficas de tudo o que disse; não deve haver possibilidade alguma de erro.

– Muito interessante – disse Sherlock Holmes, com um bocejo. – O que aconteceu em seguida?

– Quando a sra. Charpentier fez uma pausa – continuou o detetive –, vi que todo o caso dependia de um ponto. Fixando o olhar nela de uma forma que sempre considerei eficaz com as mulheres, perguntei-lhe a que horas o filho retornara.

"'Não sei', respondeu.

"'Não sabe?'

"'Não; ele tem a chave, e entrou sem precisar de mim.'

"'Depois que a senhora foi para a cama?'

"'Sim.'

"'Quando a senhora foi para a cama?'
"'Por volta das onze.'
"'Portanto, seu filho ficou fora, pelo menos, por duas horas?'
"'Sim.'
"'Possivelmente quatro ou cinco?'
"'Sim.'
"'O que ele esteve fazendo durante esse tempo?'
"'Não sei', respondeu ela, ficando pálida até os lábios.

– É claro que depois disso não havia nada mais a ser feito. Descobri onde o tenente Charpentier estava, levei dois policiais comigo, e o prendi. Quando lhe toquei o ombro e aconselhei que viesse conosco sem alarde, ele nos respondeu cheio de si: 'Suponho que esteja me prendendo por envolvimento na morte daquele canalha Drebber'. Não lhe havíamos mencionado nada a esse respeito, portanto a alusão tinha um aspecto muitíssimo suspeito.

– Muito – concordou lacônico Holmes.

– Ainda carregava o porrete pesado que sua mãe nos dissera que ele havia levado consigo quando partiu atrás de Drebber. Era um porrete robusto de carvalho.

– Qual é sua teoria, então?

– Bem, minha teoria é de que ele seguiu Drebber até Brixton Road. Chegando lá, uma nova discussão surgiu entre eles, no decurso da qual Drebber recebeu uma paulada na boca do estômago, talvez, que o matou sem deixar qualquer marca. A noite estava tão úmida que não havia ninguém, por isso Charpentier arrastou o corpo da vítima para a casa vazia. Quanto à vela, ao sangue, à escrita na parede, ao anel; todos podem ser inúmeros truques para lançar a polícia na pista errada.

— Ótimo! – falou Holmes em tom encorajador. – Realmente, Gregson, está se dando bem. Ainda faremos algo de você.

— Envaideço-me de ter conduzido o caso muito bem – respondeu o detetive, orgulhosamente. – O jovem ofereceu um depoimento voluntário, no qual disse que, depois de seguir Drebber por algum tempo, este o notou e tomou um carro de aluguel, a fim de se livrar do perseguidor. No caminho para casa, o jovem encontrou um velho companheiro de tripulação e fez uma longa caminhada com ele. Quando lhe perguntei onde morava esse velho companheiro, não foi capaz de qualquer resposta satisfatória. Creio que todo o caso se encaixa muito bem. O que me diverte é pensar em Lestrade, que começou na pista errada. Receio que ele não vá obter muito... Ora, por Deus, cá está o homem em pessoa!

Era, de fato, Lestrade, que subira as escadas enquanto conversávamos, e agora entrava na sala. A segurança e autoconfiança que geralmente marcavam seu comportamento e vestimentas, no entanto, estavam em falta. Seu rosto se mostrava perturbado e preocupado, enquanto que suas roupas estavam desarrumadas e desalinhadas. Era evidente que vinha com a intenção de consultar Sherlock Holmes, pois, ao notar o colega, pareceu envergonhado e aborrecido. Ficou parado no centro da sala, mexendo nervosamente com seu chapéu, sem saber o que fazer.

— Esse é um caso muito extraordinário – disparou, enfim –, um assunto muito incompreensível.

— Ah, o senhor achará mesmo, sr. Lestrade! – exclamou Gregson, triunfante. – Pensei que fosse chegar a essa conclusão. Conseguiu encontrar o secretário, o sr. Joseph Stangerson?

– O secretário, o sr. Joseph Stangerson – iniciou Lestrade gravemente –, foi assassinado no Halliday's Private Hotel por volta das seis horas desta manhã.

Capítulo 7

• Luz na escuridão •

A informação que Lestrade nos apresentou era tão momentosa e tão inesperada que ficamos os três bastante atônitos. Gregson saltou da cadeira e desperdiçou o restante de seu uísque e água. Olhei em silêncio para Sherlock Holmes, cujos lábios estavam comprimidos, e as sobrancelhas, baixas sobre os olhos.

— Stangerson também! — murmurou. — A trama se complica.

— Já estava complicada o suficiente antes — resmungou Lestrade, pegando uma cadeira. — Pareço ter caído em meio a uma espécie de conselho de guerra.

— Tem... Tem certeza dessa informação? — gaguejou Gregson.

— Acabo de chegar de onde o homem estava hospedado — disse Lestrade. — Fui o primeiro a descobrir o ocorrido.

— Estávamos ouvindo a opinião de Gregson a respeito do caso — observou Holmes. — Faria a gentileza de nos contar sobre o que viu e fez?

— Não faço objeção alguma — respondeu Lestrade, sentando-se. — Confesso que era da opinião de que Stangerson estava envolvido na morte de Drebber. Esse novo desdobramento me mostrou que eu estava completamente enganado. Com a ideia fixa, pus-me a descobrir o que acontecera com o secretário. Tinham sido vistos juntos na Euston Station por volta de oito e meia do dia 3. Às duas da manhã, Drebber foi encontrado na Brixton Road. A questão com que fui confrontado era descobrir o paradeiro de Stangerson entre as oito e meia e a hora do crime, e o que ocorrera com ele depois. Telegrafei para Liverpool, dando uma descrição do homem e alertando-os para manter vigilância sobre as embarcações americanas. Em seguida, pus-me a percorrer todos os hotéis e hospedarias nas proximidades de Euston. Vejam, refleti que, se Drebber e seu companheiro houvessem se separado, o curso natural para este último seria o de procurar algum lugar na vizinhança onde passar a noite, e ir à estação na manhã seguinte.

– É provável que tivessem combinado previamente um local de encontro – comentou Holmes.

– E foi o que aconteceu. Passei toda a noite de ontem fazendo perguntas sem obter sucesso algum. Esta manhã comecei muito cedo e, às oito horas, cheguei ao Halliday's Private Hotel, em Little George Street. Quando interroguei se um certo sr. Stangerson estava hospedado ali, eles imediatamente me responderam de modo afirmativo.

"'Não há dúvida de que o senhor é o cavalheiro que ele estava esperando', disseram. 'Faz dois dias que ele espera por um cavalheiro.'

"'Onde ele está agora?', perguntei.

"'Lá em cima, na cama. Queria ser chamado às nove.'

"'Subirei para vê-lo agora mesmo', disse eu.

"Tive a impressão de que minha aparição repentina pudesse abalar-lhe os nervos e levá-lo a dizer algo impensado.

O engraxate se ofereceu para me mostrar o quarto: ficava no segundo andar, e havia um pequeno corredor que leva até ele. O rapaz me apontou a porta e estava prestes a descer de novo quando vi algo que me deu náuseas, apesar dos meus vinte anos de experiência. Por baixo da porta, desenrolava-se uma pequena fita vermelha de sangue, que havia serpenteado pelo corredor e formado uma pequena poça no canto, do outro lado. Dei um grito que trouxe o engraxate de volta. Ele quase desmaiou quando viu. A porta estava trancada por dentro, mas a forçamos com uma pancada dos ombros. A janela do quarto estava aberta e, ao lado, todo encolhido, jazia o corpo de um homem em camisola de dormir. Estava morto, e já fazia algum tempo, pois seus braços e pernas estavam rígidos e frios. Quando o viramos, o engraxate o reconheceu de imediato como o mesmo cavalheiro que havia alugado o quarto sob o nome de Joseph Stangerson. A causa da morte foi uma facada profunda no lado esquerdo, que deve ter penetrado o coração. E agora vem a parte mais estranha do caso. O que acha que havia acima do homem assassinado?"

Senti um arrepio na carne e um pressentimento de horror iminente mesmo antes de Sherlock Holmes responder.

– A palavra "Rache", em letras de sangue – disse ele.

– Exato – confirmou Lestrade, com uma voz horrorizada, e todos nós ficamos em silêncio por um instante.

Havia algo tão metódico e tão incompreensível nos feitos desse assassino desconhecido, que conferia aos crimes um horror renovado. Meus nervos, embora suficientemente endurecidos pelo campo de batalha, vibraram quando pensei na cena.

– O homem foi visto – continuou Lestrade. – Um menino leiteiro, a caminho do laticínio, calhou de estar passando a pé pela rua que sai das cavalariças nos fundos do hotel. Notou que uma escada, geralmente deixada ali, fora levantada contra uma das janelas do segundo andar, agora escancarada. Depois de passar, olhou para trás e viu um homem descer pela escada. O sujeito vinha em tamanha tranquilidade, tão abertamente, que o menino pensou se tratar de um carpinteiro ou marceneiro trabalhando no hotel. Não lhe deu atenção especial, a não ser pensando consigo mesmo que era cedo para o homem estar no trabalho. Segundo suas impressões, o estranho era alto, tinha um rosto avermelhado e vestia um casaco longo e acastanhado. Deve ter ficado no quarto algum tempo depois do assassinato, pois encontramos água manchada de sangue na bacia, onde ele lavara as mãos, e marcas nos lençóis onde deliberadamente limpara a faca.

Lancei um olhar para Holmes ao ouvir a descrição feita sobre o assassino, que batia exatamente com a dele. Não havia, no entanto, nenhum traço de exultação ou satisfação em seu rosto.

– Encontrou algo no quarto que pudesse fornecer uma pista para nos levar ao assassino? – perguntou.

– Nada. Stangerson estava com o porta-níquel de Drebber no bolso, mas parece ser habitual, pois era ele quem cuidava de todos os pagamentos. Havia pouco mais de oitenta libras, mas nada fora levado. Quaisquer que sejam os motivos desses crimes extraordinários, o roubo certamente não é um deles. Não havia documentos ou notas no bolso do morto, exceto um único telegrama, de Cleveland, datado de cerca de um mês atrás, e que continha as palavras "J. H. está na Europa". Não havia nenhuma assinatura anexada à mensagem.

– E não havia mais nada? – questionou Holmes.

– Nada de importante. O romance que o homem lera antes de dormir estava sobre a cama, e seu cachimbo estava em uma cadeira ao lado. Havia um copo de água sobre a mesa e, no peitoril da janela, uma caixinha comum de unguento, contendo duas pílulas.

Sherlock Holmes pulou da poltrona com uma exclamação de alegria.

– O último elo! – exclamou, exultante. – Meu caso está completo.

Os dois detetives olharam-no com espanto.

– Agora tenho em mãos – iniciou meu companheiro, confiante – todos os fios que formaram esse tal emaranhado. Existem, claro, detalhes a serem preenchidos, mas tenho certeza de todos os fatos principais, desde a hora em que Drebber se separou de Stangerson na estação até a descoberta do corpo deste último, como se eu tivesse visto tudo com meus próprios olhos. Vou lhes dar uma prova do meu conhecimento. Conseguiu colocar as mãos nessas pílulas?

– Estão comigo – disse Lestrade, apresentando uma caixinha branca. – Levei comigo as pílulas, o porta-níquel e o telegrama, com a intenção de colocá-los em um lugar seguro na delegacia de polícia. Foi um mero acaso eu ter pego as pílulas, pois sou obrigado a dizer que não lhes atribuí nenhuma importância.

– Dê-as aqui – pediu Holmes. – Agora, doutor – virando-se para mim –, essas são pílulas comuns?

Certamente não eram. Tinham uma cor cinza-perolada, eram pequenas, redondas e quase transparentes contra a luz.

– De acordo com a leveza e a transparência, imaginaria que são solúveis em água – comentei.

— Precisamente — respondeu Holmes. — Agora, poderia descer e buscar aquele pobre diabo de *terrier* que está mal há tanto tempo e que a senhoria queria que você lhe poupasse da dor ontem?

Desci e depois levei o cão em meus braços escada acima. A dificuldade para respirar e os olhos vítreos mostravam que ele não estava longe do fim. Na verdade, o focinho branco como a neve proclamava que o animal já tinha excedido o prazo normal de existência canina. Coloquei-o em cima de uma almofada no tapete.

— Agora vou cortar uma dessas pílulas em duas — avisou Holmes e, sacando o canivete, equiparou a ação à palavra. — Esta metade devolveremos à caixa para propósitos futuros. A outra metade vou colocar nesta taça de vinho, na qual há uma colher de chá de água. Perceba que nosso amigo, o doutor, está certo; a substância se dissolve rapidamente.

— Isso pode ser muito interessante — avaliou Lestrade, no tom ferido de quem suspeita que está sendo ridicularizado. — Não enxergo, no entanto, o que tem a ver com a morte do sr. Joseph Stangerson.

— Paciência, meu amigo, paciência! Em tempo, vai descobrir que tem tudo a ver. Agora vou acrescentar um pouco de leite para tornar a mistura palatável, de modo que o cão a lamba prontamente quando lhe oferecermos.

Enquanto falava, virou o conteúdo da taça de vinho num pires e colocou-o na frente do *terrier*, que rapidamente o lambeu até acabar. O comportamento sério de Sherlock Holmes até então havia nos convencido de tal maneira que todos ficamos sentados em silêncio observando o animal, atentos, e esperando algum efeito surpreendente. Nada disso aconteceu, todavia. O cão continuou estirado em cima da almofada, respirando com dificuldade, mas, aparentemente, nem melhor nem pior.

Holmes havia pegado o relógio e, conforme os minutos seguiam sem resultado, uma expressão de absoluto desgosto e decepção surgiu em suas feições. Ele mordeu o lábio, tamborilou os dedos sobre a mesa e mostrou todos os outros sintomas de impaciência aguda. Tão grandes eram suas emoções que a tristeza que eu sentia por ele era sincera. Os dois detetives, porém, sorriam derrisoriamente, sem o menor descontentamento pelo impasse encontrado.

– Não pode ser coincidência – exclamou, enfim pulando da poltrona e marchando descontroladamente de um lado para o outro pelo cômodo –, é impossível que possa ser mera coincidência! As mesmas pílulas de que suspeitei no caso de Drebber são, de fato, encontradas após a morte de Stangerson. E ainda assim são inertes. O que pode significar? É certo que toda a minha cadeia de raciocínio não pode ter sido falsa. É impossível! E, ainda, este cão miserável não ficou nada pior. Ah, já sei! Já sei! – Com um grito de perfeito prazer ele correu para a caixa, partiu a outra pílula em duas, dissolveu-a, acrescentou leite e apresentou-a ao *terrier*. A língua da infeliz criatura parecia quase não ter sido umedecida no líquido quando suas patas estremeceram convulsivamente, e o animal caiu duro e sem vida como se fulminado por um raio.

Sherlock Holmes deu um longo suspiro e enxugou o suor da testa.

– Eu deveria ter mais fé – disse ele. – Deveria saber a esta altura que, quando um fato parece se opor a uma longa série de deduções, é prova invariável de que pode sustentar alguma outra interpretação. Das duas pílulas naquela caixa, uma era o veneno mais mortífero, e a outra era totalmente inofensiva. Eu deveria saber disso antes de sequer ter visto a caixa.

Essa última afirmação pareceu-me tão surpreendente que mal pude acreditar que ele estivesse em seu juízo sóbrio. Havia o cão morto, no entanto, para provar que a conjectura tinha sido correta. Pareceu-me que a névoa em minha mente clareava aos poucos, e comecei a ter uma percepção fraca e vaga da verdade.

– Tudo isso lhes parece estranho – continuou Holmes – porque, no início da investigação, vocês falharam em compreender a importância da única pista verdadeira que lhes foi apresentada. Tive a boa sorte de captá-la, e tudo o que ocorreu desde então serviu para confirmar minha suposição original; de fato, foi a sequência lógica. Portanto, as coisas que deixaram ambos perplexos e tornaram o caso mais obscuro serviram para me iluminar e fortalecer minhas conclusões. É um erro confundir estranheza com mistério. O crime mais comum é muitas vezes o mais misterioso, porque não apresenta características novas ou especiais a partir das quais se podem extrair deduções. O assassinato teria sido infinitamente mais difícil de desvendar se o corpo da vítima tivesse sido simplesmente encontrado deitado na estrada sem quaisquer acompanhamentos extravagantes e sensacionais que o tornassem notável. Esses detalhes estranhos, longe de tornarem o caso mais difícil, em verdade tiveram o efeito de torná-lo menos.

O sr. Gregson, que ouvira o discurso com impaciência considerável, não conseguiu se conter por mais tempo.

– Olhe aqui, sr. Sherlock Holmes, estamos todos prontos a reconhecer que é um homem inteligente e que tem seus próprios métodos de trabalho. No entanto, agora queremos algo mais do que meras teorias e sermões. É um caso de pegar o homem. Relatei minhas conclusões e parece que eu estava errado. O jovem Charpentier não poderia estar envolvido nesse segundo caso. Lestrade foi atrás do outro homem, Stangerson, e parece que estava errado também. O senhor jogou dicas aqui e acolá, e parece saber mais do que nós, mas chegou o momento em que sentimos ter o direito de lhe perguntar claramente o quanto sabe do assunto. Conhece o nome do homem que fez tudo isso?

– Não posso deixar de concordar com Gregson, senhor – observou Lestrade. – Ambos tentamos, e ambos falhamos. Desde que estou no recinto, ouvi-o sublinhar mais de uma vez que já tem todas as provas de que precisava. Certamente não irá mais retê-las, sim?

– Qualquer atraso em prender o assassino – ponderou – pode lhe dar tempo para perpetrar alguma nova atrocidade.

Assim pressionado por todos nós, Holmes mostrou sinais de indecisão. Continuou andando de um lado para o outro pela sala com a cabeça afundada no peito, e as sobrancelhas apertadas, como era seu hábito quando perdido em pensamento.

– Não haverá mais assassinatos – disse, por fim, parando abruptamente para nos encarar. – Podem abrir mão desse pensamento. Perguntou-me se eu sei o nome do assassino. Eu sei. O simples conhecimento de seu nome é coisa pequena, no entanto, em comparação ao poder de colocar nossas mãos sobre ele. Isso eu espero muito em breve fazer. Tenho boas esperanças de conseguir por meus próprios meios; mas é questão que necessita de tratamento delicado, pois temos que lidar com um homem astuto e desesperado, que recebe apoio, como tive ocasião de provar, de outro que é tão inteligente quanto ele próprio.

Enquanto esse homem não fizer ideia de que alguém possa ter pistas, há chance de o prendermos; mas, se tivesse a menor suspeita, ele mudaria de nome e desapareceria, num instante, entre os quatro milhões de habitantes desta grande cidade. Sem querer ferir os sentimentos dos senhores, sou obrigado a dizer que não considero a força policial páreo para esses homens, e é por isso que não pedi sua ajuda. Se falhar, eu devo, é claro, levar toda a culpa por essa omissão; mas para isso estou preparado. No momento, estou pronto para prometer que, no instante em que eu puder fazer o anúncio sem colocar em perigo minhas próprias estratégias, vou fazê-lo.

Gregson e Lestrade pareciam longe de satisfeitos por essa garantia ou pela depreciativa alusão à polícia investigativa. O primeiro tinha corado até a raiz dos cabelos louros, enquanto os olhos do outro brilhavam com curiosidade e ressentimento. Nenhum deles teve tempo para falar, entretanto, antes que houvesse uma batida na porta e o porta-voz dos irregulares de Baker Street, o jovem Wiggins, apresentasse sua insignificante e insípida pessoa.

— Por favor, senhor — começou ele, tocando seu topete. — Estou com o coche lá embaixo.

— Bom garoto — falou Holmes, de modo afável. — Por que vocês não introduzem este modelo na Scotland Yard? — continuou ele, tirando um par de algemas de aço de uma gaveta. — Veja como a mola funciona lindamente. Trava num instante.

— O modelo antigo é bom o suficiente — observou Lestrade — se pudermos encontrar o homem em quem colocá-las.

— Muito bom, muito bom — animou-se Holmes, sorrindo. — O cocheiro pode também me ajudar com minhas caixas. Peça para ele subir, Wiggins.

Fiquei surpreso de ouvir meu companheiro falar como se estivesse prestes a partir numa jornada, já que não tinha me dito nada sobre isso. Havia uma pequena maleta na sala, a qual ele puxou e começou a fechar com tiras. Estava ativamente engajado quando o cocheiro entrou no recinto.

– Dê-me aqui uma ajuda com essa fivela, cocheiro – pediu, ajoelhando-se sobre a tarefa, sem nunca virar a cabeça.

O indivíduo veio com um certo ar taciturno e desafiador e pôs as mãos para ajudar. Nesse instante houve um estalido seco, o tilintar de metal, e Sherlock Holmes pôs-se em pé novamente.

– Cavalheiros – exclamou, com os olhos reluzentes –, deixem-me lhes apresentar o sr. Jefferson Hope, o assassino de Enoch Drebber e de Joseph Stangerson.

A coisa toda ocorreu num instante: tão rápido que não tive tempo para processar. Tenho uma lembrança vívida daquele momento, da expressão triunfante de Holmes e do retumbar de sua voz, da cara perplexa e selvagem do cocheiro, fitando as algemas reluzentes, que tinham aparecido como que num passe de mágica sobre seus pulsos. Por um segundo ou dois, poderíamos muito bem ter sido um grupo de estátuas. Então, com um rugido inarticulado de fúria, o prisioneiro arrancou-se das mãos de Holmes e atirou-se rumo à janela. Madeira e vidro cederam diante dele; mas, antes que ultrapassasse a abertura, Gregson, Lestrade e Holmes saltaram sobre o criminoso, como muitos cães de caça. O sujeito foi arrastado de volta para o recinto. Na sequência, irrompeu um incrível conflito. Tão poderoso e tão feroz era o homem que nós quatro fomos jogados longe, de novo e de novo. Parecia ter a força convulsiva de um homem em ataque epilético. Seu rosto e suas mãos estavam terrivelmente mutilados pela passagem através do vidro, mas a perda de sangue não surtiu nenhum efeito em diminuir sua resistência. Foi só depois de Lestrade conseguir enfiar a mão por dentro da gravata e quase estrangulá-lo que o sujeito percebeu que seus esforços eram inúteis; e mesmo assim não sentimos segurança alguma até termos imobilizado seus pés e suas mãos. Feito isso, pusemo-nos em pé ofegantes.

– Temos seu coche – disse Sherlock Holmes. – Servirá para levá-lo à Scotland Yard. E então, cavalheiros – continuou, com um sorriso agradável –, chegamos ao fim do nosso pequeno mistério. Agora são muito bem-vindos para me fazer todas as perguntas que desejarem; não há perigo de que eu vá me recusar a responder a elas.

Parte dois

A TERRA DOS SANTOS

Capítulo 1

• Na grande planície alcalina •

Na porção central do grande continente norte-americano, encontra-se um deserto árido e repulsivo, que, por muitos longos anos, serviu de barreira contra o avanço da civilização. A região que abrange de Sierra Nevada a Nebrasca e do rio Yellowstone, ao norte, até o Colorado, ao sul, é um lugar de desolação e silêncio. A Natureza também não fica sempre no mesmo estado de espírito em toda essa zona austera. É composta de altas montanhas enormes cobertas de neve, e de vales escuros e melancólicos. Há rios velozes descendo em disparada pelos cânions denteados; e há planícies gigantescas que, no inverno, ficam brancas com a neve e, no verão, são cinzentas com o pó do álcali salino. Todos preservam, no entanto, as características comuns da esterilidade, da inospitalidade e do tormento.

Não há habitantes nessa terra de desespero. Um bando de nativos *pawnees* ou *blackfeet* pode, ocasionalmente, atravessá-la com o intuito de chegar a outros territórios de caça, porém os mais ousados entre os corajosos ficam contentes de perder de vista essas planícies impressionantes e de se encontrar cada vez mais sobre as pradarias. O coiote se esconde na moita, o urubu bate asas pesadamente no ar, e o urso-cinzento desajeitado arrasta-se pelas ravinas escuras e obtém o sustento que consegue entre as rochas. São esses os únicos habitantes do deserto.

Em todo o mundo não pode haver visão mais sombria do que a da encosta norte da Sierra Blanco. Até onde a vista alcança, estende-se a grande terra plana e lisa, toda polvilhada com manchas de álcali e entrecortada por aglomerados de chaparrais anões. No extremo do horizonte, repousa uma longa cadeia de picos montanhosos, com seus cumes escarpados salpicados de neve. Nessa grande extensão de terreno não há sinal algum de vida nem de qualquer coisa pertencente à vida. Não há pássaro no céu azul-aço, nenhum movimento sobre a terra opaca e cinzenta – sobretudo, há um silêncio absoluto. Por mais que se apurem os ouvidos, não há vestígio de som em todo o poderoso deserto; nada além do silêncio, completo e que subjuga o coração.

Dizem que nada diz respeito à vida nessa extensa planície. Porém, não é a verdade. Olhando de cima da Sierra Blanco, é possível ver um caminho cruzando o deserto, serpenteando até se perder na extrema distância. É sulcado por rodas e pisado pelos pés de muitos aventureiros. Aqui e ali há objetos brancos espalhados e reluzindo ao sol, destacando-se sobre o baço depósito de álcali. Aproxime-se e examine-os! São ossos: alguns grandes e grossos, outros menores e mais delicados. Os primeiros pertenceram a bois; os últimos, a homens. Por quase 2.500 quilômetros é possível traçar a rota medonha dessa caravana por meio dos restos dispersos daqueles que ficaram pelo caminho.

Olhando para esse mesmo cenário, no quarto dia de maio de 1847, havia um viajante solitário. Sua aparência era tal que ele poderia ter sido o próprio gênio ou o demônio da região. Um observador teria considerado difícil dizer se estava mais perto de quarenta ou de sessenta anos. Seu rosto era magro e abatido; a pele, amarronzada como um pergaminho, esticava-se ligeiramente sobre os ossos salientes; seus cabelos e sua barba longos e castanhos eram sarapintados e riscados de branco; seus olhos eram fundos na cabeça e fulguravam com um brilho antinatural; já a mão que segurava o rifle era pouco mais carnuda que a de um esqueleto. Parado ali, em pé, ele se sustentava apoiado na arma; ainda assim, sua figura alta e a estrutura maciça de seus ossos sugeria uma constituição rija e vigorosa. O rosto macilento, no entanto, e as vestes dependuradas tão frouxamente sobre seus braços e pernas mirrados proclamavam o que lhe tinha dado a aparência senil e decrépita. O homem estava morrendo, morrendo de fome e de sede.

Ele havia labutado dolorosamente para descer a ravina e subir naquela pequena elevação, na vã esperança de avistar alguns sinais de água. Agora, a grande planície salina se estendia diante de seus olhos, e também o cinturão distante de montanhas selvagens, sem um sinal de planta ou árvore em lugar nenhum que pudesse indicar a presença de umidade. Em toda aquela paisagem ampla não havia brilho de esperança. Para norte e leste e oeste ele direcionou os olhos questionadores e selvagens, e então percebeu que suas andanças tinham chegado ao fim e que ali, naquele rochedo estéril, ele estava prestes a morrer.

– Aqui ou em uma cama de penas daqui a vinte anos, tanto faz – murmurou, sentando-se ao abrigo de um rochedo.

Antes de se sentar, ele havia depositado sobre o solo o rifle inútil e também uma grande trouxa amarrada com um xale cinza, que ele trazia pendurado sobre o ombro direito. Parecia ser um pouco pesado demais para a força do homem, pois, ao baixá-la, a trouxa despencou no chão com alguma violência. No mesmo instante, do pacote cinzento irrompeu um gemido choroso, e dele apareceu uma carinha assustada com grandes olhos castanhos e dois punhos pintados e cheios de covinhas.

– Você me machucou! – disse uma vozinha infantil em tom de censura.

– Machuquei, foi? – o homem respondeu com um jeito penitente. – Não pretendia fazê-lo. – Enquanto falava, ele desembrulhou o xale cinzento e tirou dali uma menina bonita de uns cinco anos de idade, cujos sapatos graciosos e o vestido rosa elegante com um pequeno avental de linho transpareciam os cuidados de uma mãe. A criança estava pálida e abatida, mas seus braços e pernas saudáveis mostravam que sofrera menos que o companheiro.

– Como está agora? – ele voltou a dizer ansiosamente, pois ela ainda estava esfregando os cachos dourados bagunçados que cobriam a parte de trás da cabeça.

– Dê cá um beijo que passa – falou ela, com perfeita gravidade, virando-lhe a parte dolorida. – Isso é o que minha mãe costumava fazer. Onde está minha mãe?

– Sua mãe se foi. Acho que você vai vê-la em breve.

– Foi?! – disse a menina. – Engraçado, não disse adeus; ela quase sempre dizia se só estivesse indo tomar chá na casa da tia, e agora já está fora há três dias. Está uma seca horrível, não concorda? Não tem água para beber nem nada para comer?

– Não, não há nada, querida. Você só precisa de um pouco de paciência, depois vai ficar tudo bem. Encoste a cabeça em mim assim, vai se sentir mais forte. Não é fácil falar quando os lábios parecem couro, mas acho melhor eu lhe dizer como são as coisas. O que você tem aí?

– Coisas bonitas! Coisas lindas! – exclamou a menina com entusiasmo, segurando dois fragmentos brilhantes de mica. – Quando a gente voltar para casa, vou dá-las ao irmão Bob.

– Você verá coisas mais bonitas do que isso logo, logo – assegurou o homem. – É só esperar um pouco. Mas eu ia lhe dizendo... está lembrada de quando saímos do rio?

– Ah, lembro sim.

– Bem, achamos que íamos encontrar outro rio logo, veja bem. Mas tinha coisa errada; bússolas, ou mapa, ou alguma coisa, e o rio não apareceu. A água acabou. No máximo uma gotinha para gente que nem você e... e...

– E você não pôde se lavar – interrompeu a companheira gravemente, olhando para o rosto encardido do homem.

– Não, nem beber. E o sr. Bender, ele foi o primeiro a ir e depois o índio Pete, e depois a sra. McGregor, e depois Johnny Hones e depois, querida, sua mãe.

– Então a mãe também morreu! – gritou a menina, deitando o rosto no avental e soluçando amargamente.

– Sim, todos eles se foram, exceto você e eu. Achei que houvesse alguma chance de encontrarmos água nessa direção, por isso pendurei você sobre o meu ombro e nós viajamos juntos. Mas não parece que melhoramos as coisas. Há uma chance mínima para nós agora!

— Quer dizer que também vamos morrer? — perguntou a criança, controlando os soluços e levantando o rosto manchado de lágrimas.

— Acho que é mais ou menos o cenário.

— Por que não disse isso antes? — questionou ela, rindo alegremente. — Você me deu um susto. Ora, claro, agora, se a gente morrer, vou estar com a minha mãe de novo.

— Sim, você vai, querida.

— E você também. Vou dizer a ela o quanto você foi ótimo. Aposto que ela nos encontra na porta do céu com um grande jarro de água e um monte de bolos de trigo sarraceno, quentes, tostados dos dois lados, como Bob e eu gostávamos. Mas antes, quanto tempo vai demorar?

— Não sei, não muito. — Os olhos do homem estavam fixos no horizonte ao norte. Na abóbada azul do céu, haviam aparecido três manchas pequenas que vinham aumentando de tamanho a cada instante, muito rápido, conforme se aproximavam. Muito depressa, decidiram tornar-se três grandes pássaros castanhos, sobrevoando a cabeça dos dois andarilhos, e, em seguida, pousaram no alto de umas rochas logo acima deles. Eram urubus, os abutres do oeste, cuja vinda é a precursora da morte.

— Galos e galinhas! — exclamou a menina entusiasmada, apontando para as silhuetas agourentas e batendo palmas para fazê-las levantar voo. — Diga: foi Deus quem fez esta terra?

— Claro que foi — disse o companheiro, um tanto assustado com a pergunta inesperada.

— Ele que fez a terra em Illinois, e Ele que fez o Missouri — continuou a menina. — Acho que foi uma outra pessoa que fez a terra por estas bandas. Não foi tão bem feita; nem de perto. Esqueceram-se da água e das árvores.

– O que acha de fazer uma oração? – perguntou o homem timidamente.

– Ainda não é de noite.

– Não importa. Não é a hora certinha, mas Ele não vai se importar, pode apostar. Você faz aquelas orações que fazia antes, toda noite, na carroça, quando estávamos nas Planícies.

– Por que não faz uma oração também? – perguntou a criança, com os olhos questionadores.

– Não me lembro mais delas – respondeu. – Não faço nenhuma desde que tinha a metade da altura dessa arma. Acho que nunca é tarde demais. Você fala e eu vou ficar de lado e entrar nos refrãos.

– Então precisa se ajoelhar, e eu também – disse ela, estendendo o xale para esse propósito. – Coloque as mãos para cima assim. Faz a gente se sentir meio que bem.

Era uma visão estranha, se é que tivesse alguma outra coisa além dos urubus para vê-la. Lado a lado sobre o xale estreito se ajoelharam os dois andarilhos, a pequena criança tagarela e o imprudente aventureiro endurecido. O rosto gordinho dela e o semblante abatido e anguloso dele se voltaram para o céu sem nuvens, em súplica sincera àquele ser assustador com quem estavam face a face, enquanto as duas vozes – uma fina e clara, a outra profunda e áspera – se uniam na súplica por misericórdia e perdão. A oração terminou, eles se sentaram novamente na sombra do rochedo até que a criança adormeceu, aninhada sobre o amplo peito de seu protetor. Ele vigiou-lhe o sono por algum tempo, mas a Natureza provou ser forte demais. Durante três dias e três noites ele não se permitira nem descanso nem repouso. Lentamente, as pálpebras caíram sobre os olhos cansados, e a cabeça afundou mais e mais sobre o peito, até a barba grisalha se misturar com as mechas douradas de sua companheira, e assim ambos dormiram o mesmo sono profundo e sem sonhos.

Houvesse o andarilho permanecido acordado por mais meia hora, uma visão estranha teria lhe encontrado os olhos. Muito longe, no extremo da planície alcalina, erguia-se uma pequena nuvem de poeira, muito tênue no início, e que mal podia ser percebida entre as brumas da distância; mas, aos poucos, foi ficando mais e mais ampla até formar uma nuvem sólida e bem definida. Essa nuvem continuou a aumentar de tamanho até se tornar evidente que só poderia ser levantada por uma grande multidão de criaturas em movimento. Em regiões mais férteis, o observador teria chegado à conclusão de que estava se aproximando uma daquelas manadas enormes de bisões pastando na pradaria. Isso obviamente era impossível naqueles ermos áridos. Conforme o turbilhão de poeira se aproximava da falésia solitária sobre a qual os dois desgarrados repousavam, os toldos de lona das carroças e as silhuetas de cavaleiros armados começaram a surgir por entre a névoa, e a aparição revelou-se como sendo uma grande caravana em meio à sua jornada para o oeste. E que caravana! Quando a cabeça atingiu a base das montanhas, a retaguarda não era ainda visível no horizonte. Do outro lado da enorme planície estendia-se a procissão dispersa de carroças e charretes, homens a cavalo e homens a pé. Inúmeras mulheres perambulavam junto, debaixo de fardos, e crianças titubeavam ao lado das carroças ou iam espiando debaixo das coberturas brancas. Aquela, evidentemente, não era nenhuma comitiva comum de imigrantes, mas algum tipo de povo nômade, compelido pela pressão das circunstâncias a buscar para si uma terra nova. Erguia-se no ar limpo um barulho confuso e estrondoso daquela massa da humanidade, com o ranger das rodas e o relinchar dos cavalos. Alto como era, não foi suficiente para despertar os dois viajantes cansados logo acima.

À cabeça da coluna, vinha uma vintena ou mais de homens graves de rosto ferrenho, vestidos com roupas melancólicas e singelas e armados com rifles. Ao chegarem à base da ravina, eles pararam e realizaram um breve conselho entre si.

– Os poços ficam à direita, meus irmãos – disse um deles, um homem barbeado, lábios duros e cabelo grisalho.

– À direita da Sierra Blanco... então vamos chegar ao Rio Grande – disse outro.

– Não temam pela água – declarou um terceiro. – Aquele que poderia tirá-la da pedra não abandonaria seu povo escolhido.

– Amém! Amém! – respondeu todo o grupo.

Estavam prestes a retomar sua jornada quando um dos mais jovens e de olhos mais afiados soltou uma exclamação e apontou para o rochedo irregular acima deles. Do alto farfalhava um pouquinho de rosa, exibindo-se duro e vivo contra as rochas cinzentas logo atrás. Diante da visão, houve um deter generalizado de cavalos e um preparar de armas, enquanto novos cavaleiros vieram galopando para reforçar a vanguarda. A palavra "peles-vermelhas" estava nos lábios de todos.

— Não pode haver nenhum número de *injuns* aqui — avaliou o idoso que parecia estar no comando. — Passamos por *pawnees* e por nenhuma outra tribo até cruzarmos as grandes montanhas.

— Devo ir lá e ver, irmão Stangerson? — perguntou um integrante do bando.

— E eu, e eu! — exclamou uma dúzia de vozes.

— Deixem os cavalos e vamos esperar por vocês aqui — respondeu o ancião. Em um instante, os jovens haviam desmontado, amarrado os cavalos e estavam subindo a encosta íngreme que levava ao objeto que lhes provocara curiosidade.

Avançaram rapidamente e sem ruído, com a confiança e a destreza de batedores experientes. Os observadores da planície abaixo podiam vê-los pular de pedra em pedra até que suas silhuetas se destacaram contra a linha do horizonte. O jovem que dera primeiro o alarme estava guiando os demais. De repente, seus seguidores o viram levantar as mãos, como se tomado pelo espanto. Ao se juntarem a ele, foram afetados da mesma forma pela visão que encontrou seus olhos.

No pequeno platô coroando a colina árida, havia um único rochedo gigante, e contra esse rochedo estava deitado um homem alto, de barba longa e feições duras, mas de uma magreza excessiva. O rosto plácido e a respiração regular mostravam que estava dormindo. Ao lado estava uma criancinha, com os braços brancos roliços circundando-lhe o pescoço musculoso e marrom, e com a cabeça de cabelos dourados descansando sobre o peito de sua túnica de veludo. Os lábios rosados da menina estavam entreabertos, mostrando, no interior, a linha regular de dentes brancos como a neve, e um sorriso divertido brincava sobre suas feições infantis. As perninhas rechonchudas brancas terminavam em meias brancas e em sapatos impecáveis com fivelas brilhantes, oferecendo um estranho contraste com os longos braços e pernas murchos de seu companheiro. Na beira da rocha, acima daquele estranho casal, estavam três urubus solenes, que, à vista dos recém-chegados, proferiram gritos estridentes de decepção e bateram asas soturnamente para longe.

Os gritos das aves asquerosas acordaram os dois adormecidos, que os olharam com perplexidade. O homem cambaleou e olhou para baixo, em direção à planície, tão desolada quando o sono lhe dominara, e que agora era cruzada por um enorme corpo de homens e animais. O rosto do viajante assumiu uma expressão de incredulidade, e ele passou a mão ossuda sobre os olhos.

— Isso é o que chamam de delírio, eu acho — murmurou. A criança estava ao seu lado, segurando-lhe a saia do casaco, e não disse nada, mas olhava em volta com o olhar questionador e fascinado da infância.

O grupo de resgate rapidamente conseguiu convencer os dois desgarrados de que sua aparição não era nenhuma ilusão. Um deles agarrou a menina e içou-a sobre o ombro, enquanto dois outros apoiaram seu companheiro descarnado, e o ajudaram no caminho até as carroças.

— Meu nome é John Ferrier — o andarilho explicou. — Eu e a pequena somos tudo o que sobrou de vinte e uma pessoas. O resto todo morreu de sede e de fome lá para o sul.

— Ela é sua filha? — alguém perguntou.

— Acho que agora é — declarou o outro, em tom desafiador. — Ela é minha porque fui eu que a salvei. Nenhum homem vai levá-la de mim. Ela é Lucy Ferrier a partir deste dia. Mas e vocês, quem são? — continuou, olhando com curiosidade para seus salvadores robustos e queimados de sol. – Parece que são um monte de gente.

– Perto de dez mil – disse um dos homens jovens. – Somos filhos perseguidos de Deus, os escolhidos pelo Anjo Morôni.

– Nunca ouvi falar dele – revelou o andarilho. – Parece ter escolhido uma bela multidão.

– Não brinque com o que é sagrado – disse o outro, com firmeza. – Somos daqueles que acreditam nos escritos sagrados, desenhados em letras egípcias, em placas de ouro batido, que foram entregues ao santo Joseph Smith em Palmyra. Viemos de Nauvoo, no estado de Illinois, onde havíamos fundado o nosso templo. Viemos procurar refúgio do homem violento e do ímpio, mesmo que seja no coração do deserto.

O nome de Nauvoo, evidentemente, despertou lembranças em John Ferrier.

– Entendo, vocês são os mórmons.

– Nós somos os mórmons – responderam seus companheiros, com uma só voz.

– E aonde vocês estão indo?

– Não sabemos. A mão de Deus nos conduz sob a pessoa do nosso Profeta. Devemos levar você a ele. Ele dirá o que deve ser feito.

Tinham chegado à base da colina àquela altura e foram cercados por uma multidão de peregrinos: mulheres de rosto pálido e de aparência submissa, crianças que riam alto e homens ansiosos de olhos sinceros. Muitos foram os gritos de espanto e de comiseração que surgiram deles quando perceberam a juventude de um dos estranhos e o infortúnio do outro. O séquito não parou, no entanto, mas apertou o passo, seguido por uma grande multidão de mórmons, até que chegou a uma carroça notável por seu grande tamanho e pela ostentação e elegância de sua aparência. Seis cavalos estavam unidos a ela, enquanto as outras eram equipadas com dois ou, no máximo, quatro animais cada. Ao lado do condutor, estava sentado um homem que não poderia ter mais de trinta anos de idade, mas cuja cabeça enorme e expressão resoluta o marcavam como um líder. Estava lendo um volume de lombada marrom, mas, conforme a multidão se aproximava, ele o colocou de lado e ouviu atentamente um relato do episódio. Em seguida, ele se virou para os dois desgarrados.

– Se os levarmos conosco – disse, com palavras solenes –, só poderá ser como crentes do nosso credo. Não devemos ter lobos em nosso rebanho. É muito melhor que seus ossos branqueiem neste deserto do que vocês acabarem se mostrando aquela pequena mancha de podridão que corrompe todo o fruto. Virão conosco nesses termos?

– Acho que vou com vocês em quaisquer termos – ponderou Ferrier, com tanta ênfase que os graves anciãos não puderam conter um sorriso. Apenas o líder manteve a expressão severa e impressionante.

– Leve-o, irmão Stangerson – pediu ele –, dê-lhe comida e bebida, e à criança, a mesma coisa. Que seja a sua tarefa também lhe ensinar o nosso santo credo. Já fomos detidos por tempo suficiente. Adiante! Avante, avante para Sião!

– Avante, para Sião! – exclamou a multidão de mórmons, e as palavras foram ecoando pela longa caravana, passando de boca em boca, até que morreram num vago murmúrio ao longe. Com um estalar de chicotes e um rangido das rodas, as grandes carroças entraram em movimento, e logo toda a caravana estava prosseguindo mais uma vez. O ancião a cujo cuidado os dois desgarrados haviam sido destinados guiou-os para sua carroça, onde uma refeição já lhes aguardava.

– Vocês devem ficar aqui. Em poucos dias vão ter se recuperado da fadiga. Nesse meio-tempo, lembrem-se de que agora e para sempre vocês pertencem à nossa religião. Brigham Young foi quem disse, e ele falou com a voz de Joseph Smith, que é a voz de Deus.

Capítulo 2

• A flor de Utah •

Aqui não é lugar para comemorar as provações e privações sofridas pelos imigrantes mórmons antes de chegarem ao refúgio final. Das margens do Mississippi às encostas ocidentais das Montanhas Rochosas, eles se esforçaram com uma constância quase inigualável na história. O homem e o animal selvagens, a fome, a sede, a fadiga e as doenças – cada obstáculo que a Natureza poderia colocar no caminho –, tudo fora superado com a tenacidade anglo-saxã. No entanto, a longa viagem e os terrores acumulados haviam abalado o coração dos mais vigorosos dentre eles. Não houve quem não caísse de joelhos em oração sincera quando viu, logo abaixo, o amplo vale de Utah banhado pela luz do sol, e ficou sabendo pelos lábios de seu líder que aquela era a terra prometida e que aqueles acres virgens seriam seus para todo o sempre.

Young rapidamente provou ser um administrador hábil, bem como um líder resoluto. Mapas foram elaborados e cartas preparadas, nos quais a futura cidade foi esboçada. Por toda a parte, fazendas foram repartidas e distribuídas proporcionalmente à posição de cada indivíduo. Ao comerciante foi dado seu comércio, e ao artesão, a sua vocação. Na cidade, ruas e praças surgiram como que por magia. No interior, houve drenagem e cobertura, plantio e limpeza de terreno, até que o verão seguinte viu campos inteiros de trigais dourados. Tudo prosperava no estranho assentamento. Principalmente, o grande templo que haviam erigido no centro da cidade foi ficando cada vez maior e mais alto. Do despontar da aurora até o fechamento do crepúsculo, o barulho do martelo e da grosa da serra nunca estiveram ausentes do monumento que os imigrantes erigiram a Ele, que os havia conduzido por meio de muitos perigos.

Os dois desgarrados, John Ferrier e a menina que dividira com ele a sorte e que fora adotada como sua filha, acompanharam os mórmons até o fim da grande peregrinação. A pequena Lucy Ferrier foi carregada de modo até que agradável na carroça do ancião Stangerson, um retiro que ela dividiu com as três esposas e com o filho do mórmon, um menino teimoso e precoce de doze anos. Tendo se recuperado, com a elasticidade da infância, do choque causado pela morte de sua mãe, ela logo se tornou um bichinho de estimação entre as mulheres e reconciliou-se com a nova vida nas casas em movimento e cobertas por lona. Nesse ínterim, recuperado das privações, Ferrier se destacou como guia útil e um caçador incansável. Tão depressa ele ganhou a estima dos novos companheiros que, ao chegarem ao fim das andanças, concordou-se por unanimidade que ele deveria ganhar uma terra tão grande e tão fértil como as dos demais colonos, com exceção do próprio Young e de Stangerson, Kemball, Johnston e Drebber, os quatro anciãos principais.

Na fazenda assim adquirida, John Ferrier construiu para si uma robusta casa de troncos, que recebeu tantas adições nos anos seguintes que acabou se tornando uma quinta espaçosa. Era um homem de mente prática, arguto em suas negociações e hábil com as mãos. Sua constituição de ferro lhe permitia trabalhar pela manhã e pela noite na melhoria e no cultivo de suas terras. Assim aconteceu que sua fazenda e tudo o que pertencia a ele prosperaram extremamente. Em três anos, estava melhor do que seus vizinhos; em seis, estava bem de vida; em nove, ele era rico; e em doze não havia meia dúzia de homens, em toda Salt Lake City, que lhe pudessem comparar. Do grande mar interior até as distantes Wahsatch Mountains, não existia nome mais conhecido do que o de John Ferrier.

Houve um e apenas um modo em que ele ofendesse as suscetibilidades de seus correligionários. Nenhum argumento ou persuasão poderia induzi-lo a tomar esposas, à maneira de seus companheiros. Ele nunca deu motivos para a recusa persistente, mas se contentou resoluta e inflexivelmente a aderir à sua determinação. Alguns o acusaram de indiferença na religião adotada, e outros colocaram em termos de ganância por sua riqueza e de relutância em incorrer em despesas. Outros, por sua vez, falaram de algum caso antigo de amor, e de uma moça de cabelos louros que definhara às margens do Atlântico. Fosse qual fosse a razão, Ferrier permanecia estritamente celibatário. Em todos os outros aspectos, ele se conformava com a religião do jovem assentamento e ganhou fama de ser um homem ortodoxo e direito.

Lucy Ferrier cresceu dentro da casa de troncos e ajudou o pai adotivo em todas as suas realizações. O ar fresco das montanhas e o odor balsâmico dos pinheiros tomou o lugar de aia e de mãe para a garota. Conforme os anos se sucediam, ela ficou mais alta e mais forte, o rosto mais corado, o passo mais elástico. Muitos viajantes da estrada que corria perto da fazenda de Ferrier sentiam reviver na mente certos pensamentos havia muito esquecidos, quando observavam sua figura feminina ágil andando pelos campos de trigo ou a encontravam montada sobre o mustang do pai, manejando-o com toda a facilidade e a graça de uma verdadeira filha do oeste. E, assim, o botão desabrochou em flor; ao fim do ano que viu seu pai como o mais rico dos agricultores, ela era a mais bela jovem americana que poderia ser encontrada em toda a costa do Pacífico.

Não foi seu pai, no entanto, o primeiro a descobrir a criança desenvolvida em mulher. Raramente é, em casos assim. Essa mudança misteriosa é demasiado sutil e gradual para ser medida por datas. Muito menos o sabe a própria donzela, até que o tom de uma voz ou um toque de mão lhe faça o coração disparar dentro do peito, e assim ela aprende, com uma mistura de orgulho e medo, que uma natureza nova e maior despertou em seu interior. Existem poucos que não se recordam desse dia e não se lembram do pequeno incidente que anunciava a aurora de uma nova vida. No caso de Lucy Ferrier, a ocasião foi séria o bastante por si só, independentemente da influência que teria sobre seu destino futuro e sobre o destino de muitos além dela.

Era uma manhã quente de junho, e os Santos dos Últimos Dias estavam tão atarefados quanto as abelhas das colmeias que eles haviam escolhido como seu emblema. Nos campos e nas ruas, subia o mesmo ruído da indústria humana. Pelas estradas empoeiradas, marchavam longas correntes de mulas com cargas muito pesadas, todas indo para o oeste, pois a febre do ouro irrompera na Califórnia, e a rota terrestre passava pela Cidade dos Eleitos. Ali, também, havia rebanhos de ovelhas e bois vindos de terras de pastagem periféricas, e trens de imigrantes cansados, homens e cavalos igualmente desgastados da viagem interminável. Em meio a todo esse desfile heterogêneo, serpenteando pelo caminho com a habilidade de uma amazona talentosa, galopava Lucy Ferrier, com o rosto bonito corado, devido ao esforço, e com os cabelos castanhos longos flutuando às costas. Tinha uma incumbência de seu pai a realizar na cidade e seguia impetuosa como tinha feito muitas vezes antes, com toda a coragem da juventude, pensando apenas na tarefa e em como ela deveria ser realizada. Os aventureiros marcados pela viagem olhavam-na com espanto, e até mesmo os índios impassíveis, viajando com suas peles, relaxaram seu estoicismo costumeiro, espantados com a beleza da donzela cara-pálida.

Ela atingira os arredores da cidade quando encontrou o caminho bloqueado por um grande rebanho de gado, conduzido por uma meia dúzia de pastores selvagens na aparência, vindos das planícies. Impaciente, ela se esforçou para ultrapassar o obstáculo, tocando o cavalo para o que parecia ser uma lacuna. Mal tinha começado a atravessá-la, no entanto, e os animais fecharam o caminho atrás dela, de modo que a jovem se viu completamente embutida no fluxo em movimento de bois de olhos ferozes e chifres longos. Acostumada como estava a lidar com o gado, ela não se alarmou com a situação, mas aproveitou todas as oportunidades de instar o cavalo adiante na esperança de abrir caminho entre a manada. Infelizmente, os chifres de uma das criaturas, por acidente ou por desejo, entraram em contato violento com o flanco do mustang e o deixaram agitado a ponto de loucura. Em um instante, ele se apoiou sobre as patas traseiras com um grunhido de raiva, empinou e atirou ao ar de uma forma que teria derrubado qualquer um, exceto um cavaleiro hábil. A situação era perigosa. Cada mergulho do agitado cavalo o trazia para os chifres de novo e o incitava à renovada loucura. Era com muita dificuldade que a garota conseguia se manter na sela, mas um deslizar significaria uma morte terrível sob os cascos dos animais pesados e aterrorizados. Desacostumada a emergências repentinas, sua cabeça começou a rodar, e a firmeza de seus dedos no arreio começou a afrouxar. Sufocada pela nuvem de poeira levantada e pelo vapor das criaturas se digladiando, ela poderia ter abandonado seus esforços em desespero, não fosse uma voz gentil em seu cotovelo que lhe assegurou auxílio. No mesmo instante, certa mão marrom musculosa deteve o cavalo assustado pelas rédeas e, forçando caminho entre a manada, logo conduziu Lucy para a periferia.

– Você não está machucada, espero, moça – ponderou respeitosamente seu salvador.

Ela olhou para seu rosto escuro e feroz e deu um riso atrevido.

– Estou morrendo de medo – disse, ingenuamente. – Quem imaginaria que o Poncho fosse ficar tão assustado por causa de um monte de vacas?

– Graças a Deus você não caiu da sela – ressaltou o outro com sinceridade. Era um jovem alto, de aparência selvagem, montado num poderoso cavalo ruano e paramentado com vestes rústicas de caçador, com um longo rifle pendurado nos ombros. – Acho que você é a filha de John Ferrier – comentou. – Vi você sair cavalgando da sua casa. Quando o encontrar, pergunte se ele está lembrado dos Jefferson Hope, de St. Louis. Se é o mesmo Ferrier, meu pai e ele eram bem próximos.

– Não seria melhor se fosse perguntar pessoalmente? – propôs ela, com modéstia.

O rapaz pareceu satisfeito com a sugestão, e seus olhos escuros brilharam com prazer.

– Vou fazer isso – respondeu. – Passamos dois meses nas montanhas, e não estou na menor condição de fazer visitas. Ele deverá nos aceitar quando nos encontrar.

– Ele tem muito a lhe agradecer, assim como eu – respondeu a moça. – Ele gosta demais de mim. Se essas vacas tivessem pulado em mim, ele nunca teria se recuperado.

– Nem eu – disse o companheiro.

– Você! Bem, não vejo o que isso significaria para você, de qualquer maneira. Não é nem mesmo amigo nosso.

A face escura do jovem caçador ficou tão sombria em resposta à observação que Lucy Ferrier riu alto.

– Ora, não tive intenção de ofender – explicou-se. – Claro, agora você é um amigo. Tem que ir nos visitar. Mas preciso seguir em frente, ou meu pai não vai mais confiar os assuntos dele a mim. Adeus!

– Adeus – respondeu o rapaz, levantando o amplo sombreiro e inclinando-se sobre a mãozinha da jovem. Ela girou com o mustang, estalou o chicote e disparou pela larga estrada, deixando para trás uma nuvem revolta de poeira.

O jovem Jefferson Hope cavalgou com seus companheiros, sombrio e taciturno. Ele e os demais tinham estado nas Montanhas de Nevada à procura de prata e regressavam a

Salt Lake City na esperança de levantar capital suficiente para trabalhar nos veios que tinham descoberto. Estivera tão concentrado quanto qualquer um deles no negócio até aquele incidente repentino desviar seus pensamentos para outro canal. A visão da bela menina, tão franca e vivaz como as brisas da Sierra, mexera até as profundezas com seu coração vulcânico e indomável. Quando ela desapareceu de vista, ele percebeu que uma crise era chegada em sua vida e que nem especulações de prata nem quaisquer outras questões poderiam ter a mesma importância para ele como aquela, nova e arrebatadora. O amor que lhe surgira no coração não era a súbita fantasia volátil de um menino, mas a paixão selvagem e feroz de um homem de vontade forte e caráter imperioso. Estava acostumado a ter sucesso em tudo o que ele realizava. Jurou em seu coração que não falharia se o esforço humano e a perseverança humana pudessem fazê-lo bem-sucedido.

    Visitou John Ferrier naquela noite, e muitas vezes de novo, até que seu rosto se tornasse familiar na casa de fazenda. John, enfiado no vale e absorvido em seu trabalho, tivera pouca chance de saber das notícias do mundo exterior durante aqueles doze últimos anos. Tudo isso Jefferson Hope lhe disse, e em um estilo que interessasse tanto Lucy quanto o pai. Ele fora um pioneiro na Califórnia e pôde narrar muitos contos estranhos de fortunas feitas e fortunas perdidas naqueles dias selvagens e prósperos. Também tinha sido um batedor, e um caçador, um explorador de prata, e um rancheiro. Onde quer que aventuras instigantes estivessem à disposição, Jefferson Hope estivera lá em busca delas. Logo se tornou um favorito do velho fazendeiro, que falava eloquentemente de suas virtudes. Em tais ocasiões, Lucy ficava em silêncio, mas seu rosto corado e seus olhos brilhantes e felizes mostravam muito bem que seu jovem coração não estava mais sozinho. O honrado pai podia não ter observado tais sintomas, mas certamente eles não foram desperdiçados pelo homem que ganhara o afeto de Lucy.

Era uma noite de verão quando ele veio a galope pela estrada e parou no portão. Ela estava na porta e desceu para encontrá-lo. Ele jogou as rédeas sobre a cerca e foi pelo caminho até a moça.

— Estou de partida, Lucy — disse ele, tomando-lhe as duas mãos na sua e baixando os olhos com ternura para o rosto dela. — Não vou lhe pedir para vir comigo agora, mas você estará pronta para vir quando eu voltar aqui?

— E quando será isso? — ela perguntou, corando e rindo.

— Passarei uns dois meses longe. Voltarei, e então vou levá-la comigo, minha querida. Não pode haver ninguém entre nós.

— E quanto ao meu pai? — Lucy indagou.

— Ele deu o consentimento, contanto que tenhamos essas minas funcionando bem. Não temo quanto a isso.

— Ah, bem; é claro, se você e meu pai combinaram tudo, não há mais a ser dito — sussurrou, com a bochecha encostada no peito largo do rapaz.

— Graças a Deus! — exclamou, com a voz rouca, inclinando-se e beijando-a. — Então está resolvido. Quanto mais tempo eu ficar, mais difícil será minha partida. Estão esperando por mim no cânion. Adeus, minha querida... adeus. Em dois meses, você me verá.

Afastou-se dela enquanto falava, e, lançando-se em cima do cavalo, galopou furiosamente, sem nunca olhar para trás, como se tivesse medo de que a resolução lhe pudesse falhar se lançasse um olhar para o que estava deixando. Ela ficou no portão, observando-o desaparecer de vista. Então ela entrou de novo em casa, sentindo-se a moça mais feliz em todo o Utah.

Capítulo 3

• JOHN FERRIER FALA COM O PROFETA •

Três semanas se passaram desde que Jefferson Hope e seus companheiros partiram de Salt Lake City. O coração de John Ferrier doía dentro do peito quando pensava no retorno do jovem e na perda iminente de sua filha adotiva. No entanto, o rosto iluminado e feliz da moça o reconciliava com a ideia, mais do que qualquer argumento. Ele sempre determinara, no fundo do coração resoluto, que nada jamais lhe induziria a permitir que sua filha se casasse com um mórmon. Tal casamento ele considerava não um casamento, mas uma vergonha e uma desgraça. A despeito do que pudesse pensar das doutrinas mórmons, quanto a esse ponto ele era inflexível. Teve que selar a boca sobre o assunto, entretanto, pois expressar uma opinião não ortodoxa era uma questão perigosa naqueles dias, na Terra dos Santos.

Sim, um assunto perigoso – tão perigoso que mesmo o mais santo só ousava sussurrar suas opiniões religiosas e ainda prendendo a respiração, para que nada que lhe caísse dos lábios pudesse ser mal interpretado e atrair uma veloz retaliação. As vítimas de perseguição tinham agora se tornado perseguidores por sua própria conta, e perseguidores da descrição mais terrível. Nem a Inquisição de Sevilha, nem a Vehmgericht alemã, nem as Sociedades Secretas da Itália nunca foram capazes de colocar em movimento uma máquina mais formidável do que a que lançava uma nuvem sobre o estado de Utah.

A invisibilidade e o mistério a ela atrelados tornavam aquela organização duplamente terrível. Parecia ser onisciente e onipotente, e, no entanto, não era nem vista, nem ouvida. O homem que se indispunha contra a Igreja desaparecia, e ninguém sabia para onde tinha ido ou o que lhe tinha acontecido. A esposa e os filhos o aguardavam em casa, mas nenhum pai jamais voltava para lhes dizer como tinha passado nas mãos de seus juízes secretos. Uma palavra imprudente ou um ato precipitado era seguido de aniquilação, e, apesar disso, ninguém sabia qual poderia ser a natureza desse terrível poder que pairava sobre eles. Não era de admirar que os homens andassem com temor e tremor, e que, mesmo no coração do deserto, não ousassem sussurrar as dúvidas que os oprimiam.

De início, esse vago e terrível poder era exercido somente sobre os recalcitrantes que, uma vez abraçada a fé mórmon, depois desejassem pervertê-la ou abandoná-la. Logo, porém, ganhou um alcance mais amplo. A oferta de mulheres adultas estava ficando escassa, e a poligamia sem uma população feminina na qual obter esposas era, em verdade, uma doutrina estéril. Estranhos rumores começaram a ser cogitados – rumores de imigrantes assassinados e de acampamentos saqueados em regiões onde os índios nunca tinham sido vistos. Novas mulheres apareciam nos haréns dos anciãos – mulheres que definhavam e choravam e carregavam sobre os seus rostos os traços de um horror inextinguível. Andarilhos tardios nas montanhas falavam de bandos de homens armados, mascarados, furtivos

• John Ferrier fala com o Profeta •

e silenciosos, que se esgueiravam por eles na escuridão. Esses contos e boatos tomaram substância e forma e foram corroborados e reconfirmados, até que se transformaram em nome definido. Até hoje, nas solitárias fazendas do oeste, o nome do Bando Danite, ou os Anjos Vingadores, é um nome sinistro e de mau agouro.

O conhecimento mais substancial da organização que produziu resultados tão terríveis serviu apenas para aumentar, em vez de diminuir, o horror que se instilou na mente dos homens. Ninguém sabia quem pertencia a essa sociedade cruel. O nome dos participantes nos atos de sangue e violência perpetrados sob a égide da religião foi mantido em profundo segredo. O próprio amigo a quem se pudesse comunicar a inquietude quanto ao Profeta e à sua missão poderia ser um daqueles que sairia à noite com fogo e espada para exigir uma terrível reparação. Por esse motivo, cada homem temia seu vizinho, e ninguém falava das coisas que lhe povoavam o fundo do coração.

Uma bela manhã, John Ferrier estava prestes a partir para seus trigais quando ouviu o clique do trinco, e, olhando pela janela, viu um homem corpulento, de cabelos claros, de meia-idade, vindo pelo caminho até sua porta. O coração lhe veio parar na boca, pois não era outro senão o próprio grande Brigham Young. Cheio de temor, pois sabia que a visita não era coisa boa, Ferrier correu à porta para cumprimentar o líder mórmon. Este, no entanto, recebeu as saudações friamente e o seguiu com rosto severo até a sala de estar.

– Irmão Ferrier – disse ele, tomando um assento e olhando para o agricultor profundamente sob os cílios claros –, os verdadeiros crentes têm sido bons amigos seus. Nós o pegamos quando você estava morrendo de fome no deserto, nós compartilhamos a nossa comida e o levamos em segurança para o Vale dos Escolhidos, demos-lhe uma fatia considerável de terra e lhe permitimos ficar rico sob a nossa proteção. Não é verdade?

— É verdade — respondeu John Ferrier.

— Em troca de tudo, pusemos apenas uma condição: que abraçasse a verdadeira fé e conformasse, em todos os sentidos, com nossos costumes. Isso você prometeu fazer, e isso, se o relato do povo fala a verdade, você negligenciou.

— E como eu negligenciei? — perguntou Ferrier, erguendo as mãos em admoestação. — Não contribuí com o fundo comum? Não frequentei o Templo? Não...?

— Onde estão suas esposas? — indagou Young, olhando em volta. — Chame-as para que eu possa cumprimentá-las.

— É verdade que eu não me casei — redarguiu Ferrier. — Mas as mulheres eram poucas, e muitos tinham mais direito do que eu. Também não fui um homem solitário: tive minha filha para cuidar das minhas necessidades.

— É sobre essa filha que eu gostaria de lhe falar — disse o líder dos mórmons. — Ela cresceu e se tornou a flor de Utah, e caiu nas graças de muitos homens ricos nesta terra.

John Ferrier gemeu por dentro.

— Há histórias sobre ela em que eu, de bom grado, não acreditaria... histórias de que ela está prometida a algum gentio. Deve ser fofoca de línguas ociosas. Qual é a décima terceira regra no código do santo Joseph Smith? "Que cada donzela da verdadeira fé se case com um dos eleitos; ao se casar com um gentio, ela comete um pecado grave." Sendo assim, é impossível que você, que professa o credo sagrado, deva admitir que sua filha o viole.

• John Ferrier fala com o Profeta •

John Ferrier não deu resposta, mas mexeu nervosamente com o chicote de montaria.

– Sobre este ponto, toda a sua fé será testada, pois foi decidido no Conselho Sagrado dos Quatro. A menina é jovem, e nós não permitiríamos que se case com cabelos grisalhos, nem a destituiríamos de toda escolha. Nós, anciãos, temos muitas novilhas[1], mas nossos filhos também devem ser beneficiados. Stangerson tem um filho, e Drebber tem um filho, e qualquer um deles, de boa vontade, receberia sua filha em casa. Deixe-a escolher entre os dois. São jovens e ricos e da verdadeira fé. O que diz sobre isso?

Ferrier permaneceu em silêncio por um momento, com as sobrancelhas franzidas.

– Dê-nos um tempo – disse ele, por fim. – Minha filha é muito jovem, mal tem idade para se casar.

– Ela terá um mês para escolher – disse Young, levantando-se da cadeira. – Ao fim desse período, ela dará sua resposta.

Estava passando pela porta quando se virou, com o rosto corado e os olhos brilhando.

– Seria melhor para vocês, John Ferrier – ele trovejou –, que ambos fossem agora esqueletos branqueados espalhados pela Sierra Blanco, em vez de colocarem suas fracas vontades contra as ordens dos Quatro Santos!

Com um gesto ameaçador, ele se virou da porta, e Ferrier ouviu seu pesado passo amassando o longo caminho pedregoso.

Ainda estava sentado com os cotovelos sobre os joelhos, considerando como deveria abordar o assunto com a filha,

---

1 Heber C. Kemball, em um de seus sermões, faz alusão a suas cem esposas sob esse delicado epíteto.

quando certa mão suave foi colocada sobre a sua, e, olhando para cima, viu-a em pé ao seu lado. Um olhar para o rosto pálido e assustado lhe mostrava que Lucy ouvira o que tinha se passado.

— Não tive como evitar — disse ela, em resposta ao olhar. — A voz dele ecoou pela casa. Oh, papai, papai, o que devemos fazer?

— Você não deve se assustar — amenizou Ferrier, puxando-a para si e passando a larga mão áspera carinhosamente sobre seus cabelos castanhos. — Vamos resolver isso de um jeito ou de outro. Você não sente o encanto diminuir por aquele camarada, sente?

Um soluço e um aperto de mão foram a única resposta.

— Não, claro que não. Eu não gostaria de ouvir você dizer que diminuía. Gosto desse rapaz, ele é cristão, o que é mais do que essas pessoas aqui, apesar de todas as rezas e pregações. Há uma comitiva partindo para Nevada amanhã, e eu vou conseguir lhe enviar uma mensagem falando da situação difícil em que estamos. Se eu sei alguma coisa sobre aquele rapaz, é que ele vai voltar aqui com a velocidade de um telegrama.

Lucy riu por entre as lágrimas, em resposta ao relato de seu pai.

— Quando ele vier, vai nos aconselhar sobre o melhor. Mas é pelo senhor que eu tenho medo, querido. A gente ouve... a gente ouve essas histórias horríveis sobre as pessoas que se opõem ao Profeta: algo terrível sempre acontece com elas.

— Mas não nos opusemos ainda — respondeu o pai. — Teremos que enfrentar tormentas quando o fizermos. Temos um mês vazio diante de nós; ao fim, acho que teremos uma chance melhor fora de Utah.

— Deixar Utah!

– A situação é mais ou menos essa.

– Mas e a fazenda?

– Vamos levantar tudo o que pudermos em dinheiro e deixar o resto para trás. Para dizer a verdade, Lucy, não é a primeira vez que eu penso em fazê-lo. Não quero saber de me curvar a nenhum homem, como esse pessoal faz com esse maldito profeta. Eu nasci um americano livre, e tudo isso é novo para mim. Acho que estou velho demais para aprender. Se ele vier me procurar nesta fazenda, pode correr o risco de encontrar uma carga de chumbo grosso viajando em sua direção.

– Mas eles não vão nos deixar partir – objetou a filha.

– Espere até Jefferson vir, e logo vamos dar um jeito. Nesse meio-tempo, não se desespere, minha queridinha, e não deixe esses olhos ficar inchados, ou então o rapaz virá para cima de mim quando a vir. Não há nada a temer, e não há perigo algum.

John Ferrier proferiu essas declarações consoladoras em um tom muito confiante, mas a garota não pôde deixar de observar que ele tomou um cuidado incomum de trancar as portas naquela noite e que cuidadosamente limpou e carregou a velha espingarda e enferrujada que pendia da parede de seu quarto.

Capítulo 4

• Uma fuga pela vida •

Na manhã que se seguiu à entrevista com o profeta mórmon, John Ferrier entrou em Salt Lake City e, tendo encontrado um conhecido seu que seguia para as montanhas de Nevada, confiou-lhe a mensagem para Jefferson Hope. Nela, contava ao jovem sobre o perigo iminente que os ameaçava e o quanto era necessário que ele retornasse. Ao fazer isso, sentiu mais tranquilidade na mente e voltou para casa com o coração mais leve.

Aproximando-se da fazenda, ficou surpreso ao ver um cavalo atrelado a cada um dos postes do portão. Ainda mais surpreso ficou quando entrou e encontrou dois jovens de posse de sua sala de estar. Um deles, de rosto pálido e comprido, estava recostado na cadeira de balanço, com os pés apoiados em cima do fogão. O outro, um jovem de pescoço curto e grosso e de feições grosseiras, estava em pé na frente da janela, com as mãos nos bolsos, assobiando um hino popular. Ambos acenaram para Ferrier quando ele entrou, e o sujeito na cadeira de balanço iniciou a conversa:

– Talvez não nos conheça. Este aqui é o filho do ancião Drebber, e eu sou Joseph Stangerson. Viajamos juntos no deserto quando o Senhor estendeu a mão e o resgatou para o rebanho verdadeiro.

— Como Ele fará com todas as nações no momento que achar apropriado – disse o outro, com uma voz anasalada. – Ele mói devagar, mas à perfeição.

John Ferrier curvou-se friamente. Tinha adivinhado quem eram os visitantes.

— Viemos – prosseguiu Stangerson – seguindo o conselho de nossos pais, com o propósito de solicitar a mão de sua filha para um de nós que possa parecer bom para o senhor e para ela. Como só tenho quatro esposas, e o Irmão Drebber aqui tem sete, parece-me que meu pedido é o mais forte.

— Não, não, irmão Stangerson! – exclamou o outro. – A questão não é quantas esposas temos, mas quantas podemos manter. Meu pai já me deu os moinhos, e eu sou o homem mais rico.

— Mas minhas perspectivas são melhores – disse o outro, calorosamente. – Quando o Senhor levar meu pai, terei seu curtume e sua fábrica de couro. Além do mais, sou mais velho e estou em posição mais elevada na Igreja.

— A donzela é quem irá decidir – rebateu o jovem Drebber, sorrindo para o próprio reflexo no vidro. – Vamos deixar que ela decida.

Durante esse diálogo, John Ferrier estivera furioso na porta, quase incapaz de impedir que seu chicote de equitação encontrasse as costas dos dois visitantes.

— Olhem aqui – disse Ferrier finalmente, caminhando até eles –, quando minha filha os chamar aqui, vocês podem vir, mas, até lá, não quero ver a cara de vocês novamente.

Os dois jovens mórmons o olharam com espanto. Em seu ponto de vista, essa competição pela mão de uma donzela era a mais alta das honras, tanto para ela quanto para o pai.

— Há duas maneiras de sair da sala — declarou Ferrier. — Existe a porta, e existe a janela. Qual gostariam de usar?

Seu rosto moreno parecia tão selvagem, e as mãos descarnadas, tão ameaçadoras, que os visitantes se levantaram num salto e bateram em retirada às pressas. O velho fazendeiro seguiu-os até a porta.

— Avisem-me quando tiverem resolvido qual vai ser — acrescentou sardonicamente.

— Você vai sofrer por isso! — gritou Stangerson, branco de raiva. — Está desafiando o Profeta e o Conselho dos Quatro. Vai se arrepender até o fim dos seus dias.

— A mão do Senhor lhe será pesada! — trovejou o jovem Drebber. — Ele surgirá e o castigará!

— Então eu mesmo vou começar o castigo! — exclamou Ferrier furiosamente, e teria corrido escada acima para buscar a arma se Lucy não o tivesse agarrado pelo braço e o impedido. Antes que pudesse fugir dela, o barulho dos cascos dos cavalos avisou que os rapazes estavam fora de alcance.

— Esses malandros hipócritas! — esbravejou, enxugando o suor da testa. — Preferiria vê-la no túmulo, minha menina, a vê-la tornar-se esposa de qualquer um deles.

— E eu também, pai — respondeu ela, com humor. — Mas Jefferson logo vai estar aqui.

— Sim. Não vai demorar muito para que ele venha. Quanto mais cedo melhor, pois não sabemos qual será o próximo passo deles.

De fato, já era hora de surgir alguém capaz de oferecer conselhos e ajuda ao velho fazendeiro vigoroso e à sua filha adotiva. Em toda a história do assentamento, nunca houvera um caso de desobediência de hierarquia da autoridade dos anciãos. Se erros menores eram punidos tão severamente, qual seria o destino daquele fato arquirrebelde? Ferrier sabia que sua riqueza e posição não lhe seriam de nenhum proveito. Outros tão bem conhecidos e tão ricos quanto ele tinham sido subtraídos antes, e seus bens entregues à Igreja. Era um homem corajoso, mas tremia pelos terrores vagos e sombrios que pendiam sobre si. Qualquer perigo conhecido ele poderia enfrentar com um lábio firme, mas aquele suspense era enervante. Ocultou seus temores da filha, contudo, e se pôs a encontrar luz sobre todo o assunto, embora, com o olho agudo do amor, ela visse claramente que ele estava pouco à vontade.

Esperava receber de Young alguma mensagem ou protesto em relação à sua conduta, e não estava enganado, embora viesse de uma forma inesperada. Ao se levantar na manhã seguinte, encontrou, para sua surpresa, um pequeno quadrado de papel fixado na colcha de sua cama, bem sobre o peito. Nela estava escrito, em letras fortes e espaçadas:

VINTE E NOVE DIAS LHE SERÃO DADOS PARA RETRATAR-SE, DEPOIS...

As reticências eram mais atemorizantes do que qualquer ameaça. De que forma esse aviso tinha chegado a seu quarto intrigava John Ferrier intensamente, pois os criados dormiam numa dependência externa, e as portas e janelas haviam sido todas trancadas. Amassou o papel e não disse nada para sua filha, mas o incidente o atingiu com um frio no coração. Os vinte e nove dias eram, evidentemente, o saldo do mês que Young tinha prometido. Que força ou coragem poderiam valer contra um inimigo armado com tais poderes misteriosos? A mão que prendera o alfinete poderia tê-lo atingido no coração, e ele nunca saberia o que o matara.

Ainda mais abalado ficou na manhã seguinte. Estavam sentados para o desjejum quando Lucy, com um grito de surpresa, apontou para cima. No centro do teto fora escrito, aparentemente com uma vara queimada, o número vinte e oito. Para sua filha era ininteligível, e ele não ofereceu explicação. Naquela noite, ficou sentado com a arma, montando vigia. Não viu e não ouviu nada e, mesmo assim, de manhã, um grande vinte e sete havia sido pintado do lado de fora de sua porta.

Dessa forma, os dias seguiram; e, tão certo como as manhãs chegavam, ele descobria que seus inimigos invisíveis haviam mantido o registro e marcado em algum local visível quantos dias ainda faltavam para terminar o mês de indulgência. Às vezes, os números fatais apareciam nas paredes, às vezes sobre os pisos, ocasionalmente, surgiam em pequenos cartazes colados no portão do jardim ou nas grades. Com toda sua vigilância, John Ferrier não conseguia descobrir de onde procediam aqueles avisos diários. Quando os via, um horror quase supersticioso se apossava dele. Tornou-se abatido e inquieto, e seus olhos tinham a expressão perturbada de alguma criatura sendo caçada. Agora só lhe restava uma esperança na vida: a chegada do jovem caçador de Nevada.

Vinte dias tinham se transformado em quinze, e quinze, em dez; mas não havia notícias do ausente. Um por um, os números minguavam, e ainda não surgia nenhum sinal dele. Sempre que um cavaleiro fazia ruído na estrada, ou um cocheiro gritava para sua equipe, o velho fazendeiro corria para a porta pensando que a ajuda finalmente chegara. Por fim, quando viu o cinco dar lugar ao quatro e logo ao três, ele perdeu o ânimo e abandonou toda a esperança de fugir. Sem ajuda e com conhecimento limitado das montanhas que cercavam a colônia, ele sabia que era impotente. As estradas mais frequentadas eram rigorosamente vigiadas e guardadas, e ninguém podia passar ao longo delas sem uma ordem do Conselho. Não importava que caminho seguisse, parecia não haver como evitar o golpe que o aguardava. Ainda assim, o velho nunca vacilou em sua resolução de abrir mão até mesmo da vida antes de consentir o que ele considerava a desonra de sua filha.

Estava sentado sozinho uma noite, refletindo profundamente sobre seus problemas e procurando em vão por um caminho para sair deles. Aquela manhã tinha mostrado o algarismo 2 na parede de sua casa, e o dia seguinte seria o último do tempo estipulado. O que aconteceria depois? Todos os tipos de vagas e terríveis fantasias encheram-lhe a imaginação. E sua filha – o que seria dela depois que ele se fosse? Não havia como escapar da rede invisível construída ao redor deles. Ferrier afundou a cabeça sobre a mesa e chorou pensando em sua própria impotência.

O que era isso? No silêncio, ouviu um arranhão suave; baixo, mas muito distinto na quietude da noite. Vinha da porta da casa. Ferrier se arrastou pelo corredor e ouviu atentamente. Houve uma pausa de alguns instantes, e, em seguida, o som baixo e insidioso se repetiu. Alguém estava batendo, evidentemente, muito de leve sobre um dos painéis da porta. Era algum assassino da meia-noite que viera executar as ordens sanguinárias do tribunal secreto? Ou era algum agente marcando que o último dia de indulgência havia chegado? John Ferrier sentiu que a morte instantânea seria melhor do que o suspense que lhe abalava os nervos e esfriava o coração. Saltando para frente, ele tirou o ferrolho e abriu a porta.

Fora, tudo estava calmo e silencioso. A noite era agradável, e as estrelas brilhavam cintilantes no céu.

O pequeno jardim da frente estava diante dos olhos do fazendeiro, delimitado pelo muro e pelo portão, mas nem ali nem na estrada havia qualquer ser humano para ser visto. Com um suspiro de alívio, Ferrier olhou para a direita e para a esquerda, até que baixou os olhos para os próprios pés e viu, para sua surpresa, um homem deitado com o rosto no chão, e os braços e pernas esparramados.

Tão nervoso ficou com a visão que se inclinou contra a parede, levando a mão à garganta para controlar o ímpeto de gritar. Seu primeiro pensamento foi de que a figura prostrada era algum homem ferido ou moribundo, mas, ao observar, notou o corpo se contorcer junto ao chão e se arrastar para o corredor com a rapidez e o silêncio de uma serpente. Uma vez dentro da casa, o homem se levantou, fechou a porta e revelou ao agricultor espantado o rosto feroz e a expressão resoluta de Jefferson Hope.

– Meu Deus! – alarmou-se John Ferrier. – Como você me assustou! Que raios o fez entrar assim?

– Dê-me comida. – O outro disse, com voz rouca. – Não tive tempo de mastigar algo ou de tomar sopa pelas últimas quarenta e oito horas. – Atirou-se sobre a carne fria e o pão que ainda estavam em cima da mesa da ceia de seu anfitrião e comeu vorazmente. – Lucy está suportando bem? – perguntou, assim que satisfez a fome.

– Está. Ela não sabe do perigo – respondeu o pai.

– Isso é bom. A casa está sendo vigiada por todos os lados. É por isso que me arrastei até aqui. Eles podem ser muito astutos, mas não o bastante para pegar um caçador *washoe*.

John Ferrier sentia-se um homem diferente agora que percebia que tinha um devotado aliado. Agarrou a mão áspera do rapaz e a apertou cordialmente.

– Você é um homem de se orgulhar – elogiou ele. – Não existem muitos que viriam partilhar do nosso perigo e dos nossos problemas.

– Pode ter certeza, parceiro – reforçou o jovem caçador. – Tenho respeito pelo senhor, mas, se estivesse sozinho nesse negócio, eu pensaria duas vezes antes de colocar minha cabeça em tamanho ninho de vespas. É Lucy que me traz aqui, e, antes que o mal lhe acometa, creio que haverá um integrante a menos na família Hope em Utah.

– O que devemos fazer?

– Amanhã é seu último dia, e, a menos que faça algo esta noite, o senhor estará perdido. Tenho uma mula e dois cavalos à espera em Eagle Ravine. Quanto dinheiro o senhor tem?

– Dois mil dólares em ouro, e cinco em notas.

– Vai dar. Tenho o mesmo tanto para acrescentar. Devemos nos apressar para Carson City, seguindo por entre as montanhas. É melhor acordar Lucy. E é bom que os criados não durmam na casa.

Enquanto Ferrier se ausentou, preparando a filha para a jornada que se aproximava, Jefferson Hope juntou, em um pequeno pacote, todos os comestíveis que encontrou e encheu uma jarra de faiança com água, pois sabia por experiência que os poços de montanha eram poucos e distantes entre si. Mal tinha concluído seus preparativos quando o fazendeiro voltou com a filha toda vestida e pronta para a partida. A saudação entre os amantes foi calorosa, mas breve, pois os minutos eram preciosos, e não havia muito a ser feito.

— Temos de partir imediatamente — disse Jefferson Hope, em voz baixa, mas firme, como quem percebia a grandeza do perigo, mas que havia endurecido seu coração para enfrentá-la. — As entradas da frente e dos fundos são vigiadas, mas, com cautela, podemos fugir pela janela lateral e atravessarmos os campos. Assim que atingirmos a estrada, estaremos a apenas três quilômetros. Ao raiar do dia, devemos estar a meio caminho nas montanhas.

— E se formos parados? — perguntou Ferrier.

Hope deu um tapa na coronha do revólver que se projetava na frente de sua túnica.

— Se eles forem muitos, vamos levar uns dois ou três conosco — disse com um sorriso sinistro.

As luzes no interior da casa tinham sido todas apagadas e, da janela escura, Ferrier olhou pelos campos que tinham sido seus, e que agora estava prestes a abandonar para sempre. Fazia tempo que se preparava para o sacrifício, no entanto, e o pensamento de honra e felicidade de sua filha superava qualquer arrependimento pela ruína de sua fortuna. Tudo parecia tão calmo e feliz, as árvores sussurrantes e o amplo silêncio que se estendia sobre o campo de grãos, que era difícil perceber o espírito de assassinato à espreita em toda parte. No entanto, o rosto branco e a expressão rígida do jovem caçador mostravam que, em sua aproximação da casa, ele vira o suficiente para satisfazê-lo e tomar a decisão.

Ferrier carregava a bolsa de ouro e notas, Jefferson Hope tinha as escassas provisões e a água, enquanto Lucy tinha um pequeno embrulho contendo alguns de seus bens mais valiosos. Abrindo a janela muito devagar e com cuidado, eles esperaram até que uma nuvem negra tivesse obscurecido a noite, e, depois, um por um, atravessaram o pequeno jardim. Prendendo a respiração, agachados, prosseguiram com dificuldade e ganharam a proteção da sebe, a qual margearam até chegarem ao espaço intermediário que se abria nos milharais. Tinham acabado de chegar a esse ponto quando o jovem agarrou os dois companheiros e os arrastou para dentro das sombras, onde ficaram em silêncio, trêmulos.

Era algo bom que a formação nas pradarias tivesse dado a Jefferson Hope os ouvidos de um lince. Ele e seus amigos mal tinham se agachado quando o pio melancólico de uma coruja de montanha foi ouvido no espaço de alguns metros e foi imediatamente respondido por outro pio a uma pequena distância. No mesmo instante, uma figura vaga e sombria emergiu do espaço que vinham cruzando e proferiu o grito plangente outra vez, ao que um segundo homem apareceu no meio da obscuridade.

– Amanhã à meia-noite – alertou o primeiro, que parecia estar em posição de autoridade. – Quando o noitibó chamar três vezes.

– Muito bem – respondeu o outro. – Devo contar ao irmão Drebber?

– Relate a ele e, dele, aos outros. Nove de sete!

– Sete de cinco! – disse o primeiro, e as duas figuras viraram para direções diferentes. Suas palavras finais tinham sido, era evidente, algum tipo de sinal e contrassenha. No instante em que seus passos morreram a distância, Jefferson Hope se pôs em pé e, ajudando seus companheiros a cruzar a área, liderou o caminho através dos campos no máximo da sua velocidade, apoiando e meio que carregando a moça quando a força dela parecia falhar.

– Depressa! Depressa! – sussurrava de tempos em tempos. – Estamos numa linha de sentinelas. Tudo depende da velocidade. Depressa!

Uma vez na estrada, fizeram rápido progresso. Só uma vez encontraram alguém, e, em seguida, conseguiram deslizar para dentro de um campo, e assim evitar o reconhecimento. Antes de chegarem à cidade, o caçador tomou uma trilha acidentada e estreita que levava às montanhas. Dois picos irregulares escuros pairavam logo acima, em meio à escuridão, e o desfiladeiro que havia entre eles era o Eagle Cañon, onde os cavalos os esperavam. Com um instinto infalível, Jefferson Hope abriu caminho entre os grandes pedregulhos e ao longo do leito de um curso d'água seco, até que chegou ao canto recuado, oculto com rochas, onde os animais fiéis haviam sido amarrados a piquetes. A moça foi colocada sobre a mula, e o velho Ferrier com seu saco de dinheiro, sobre um dos cavalos, enquanto Jefferson Hope levou o outro ao longo do caminho íngreme e perigoso.

Era uma rota desconcertante para quem não estava acostumado a enfrentar a Natureza em seus humores mais selvagens. De um lado, um grande penhasco elevava-se a trezentos metros ou mais, negro, severo e ameaçador, com colunas basálticas longas na superfície acidentada como as costelas de um monstro petrificado. Em contrapartida, um caos selvagem de rochas e detritos tornava impossível qualquer avanço. Entre os dois corria a trilha irregular, tão estreita em certos pontos que tinham de viajar em fila indiana, e tão difícil que apenas cavaleiros habilidosos poderiam atravessá-la. No entanto, apesar de todos os perigos e dificuldades, o coração dos fugitivos estava leve por dentro, pois cada passo aumentava a distância entre eles e o terrível despotismo do qual estavam fugindo.

Logo tiveram prova, porém, de que ainda estavam dentro da jurisdição dos Santos. Tinham chegado a uma porção muito mais selvagem e mais desolada da passagem, quando a moça deu um grito assustado e apontou para cima. Em uma rocha com vista para a trilha, escura e à mostra em plena vista contra o céu, lá estava uma sentinela solitária. Ela os viu logo que os viajantes o perceberam, e seu questionamento militar ecoou pela ravina silenciosa:

– Quem está aí?

– Viajantes de Nevada – anunciou Jefferson Hope, com a mão sobre o rifle que pendia ao lado da sela.

Era possível ver o observador solitário manuseando a arma e olhando-os como se insatisfeito com a resposta.

– Com a permissão de quem?

– Dos Quatro Santos – respondeu Ferrier. Suas experiências mórmons lhe ensinaram que essas eram as mais altas autoridades às quais ele poderia se referir.

– Nove de sete – gritou a sentinela.

– Sete de cinco – devolveu Jefferson Hope prontamente, lembrando-se da contrassenha que ouvira no jardim.

– Passem, e que o Senhor os acompanhe – disse a voz de cima. Além de seu posto, o caminho se alargava, e os cavalos puderam iniciar um trote.

Olhando para trás, podiam ver o observador solitário inclinado sobre a arma, e sabiam que tinham ultrapassado o posto avançado do povo escolhido e que a liberdade estava adiante.

Capítulo 5

• Os anjos vingadores •

Durante toda a noite, o curso dos viajantes passou por intrincados desfiladeiros e por caminhos irregulares e cheios de rocha. Mais de uma vez eles perderam o caminho, mas o conhecimento íntimo que Hope tinha das montanhas permitia-lhes recuperar a trilha novamente. Quando amanheceu, uma cena de maravilhosa beleza selvagem estendia-se diante deles. Em todas as direções, os grandes picos nevados os cercavam, espiando o horizonte distante por sobre os ombros uns dos outros. Tão íngremes eram os bancos rochosos de cada lado que o lariço e o pinheiro pareciam suspensos sobre suas cabeças, só necessitando de uma rajada de vento para serem arremessados sobre os fugitivos. Se bem que o medo também não era uma ilusão por completo, pois o vale estéril era densamente coberto de árvores e pedras que haviam caído de forma semelhante. Durante sua passagem ali, uma grande rocha desceu trovejando com um ruído rouco que despertou os ecos nos desfiladeiros silenciosos e assustou os cavalos cansados, que partiram para um galope.

À medida que o sol se levantava aos poucos acima do horizonte oriental, os picos das grandes montanhas iluminavam-se um após o outro, como lanternas em um festival, até que todos ficassem rosados e brilhantes. O espetáculo magnífico alegrou o coração dos três fugitivos e lhes renovou as energias. Quando encontraram um riacho selvagem que varria a ravina, pararam e deram de beber aos cavalos, enquanto compartilhavam um desjejum apressado. Lucy e o pai teriam, de bom grado, descansado mais tempo, mas Jefferson Hope foi inexorável.

– A essa altura, eles já devem estar seguindo o nosso rastro. Tudo depende da nossa velocidade. Uma vez seguros em Carson, poderemos descansar para o resto de nossas vidas.

Ao longo de todo aquele dia, eles lutaram para atravessar os desfiladeiros e, ao fim do dia, calcularam que estavam quase cinquenta quilômetros à frente dos inimigos. À noite, escolheram a base de um penhasco saliente, onde as rochas ofereciam alguma proteção contra o vento frio, amontoaram-se uns nos outros para se aquecer, e assim desfrutaram de algumas horas de sono. Antes do amanhecer, no entanto, já estavam em pé e seguindo caminho mais uma vez. Não tinham visto nenhum sinal de quaisquer perseguidores, e Jefferson Hope começou a pensar que já estavam razoavelmente longe do alcance da terrível organização em cuja inimizade tinham incorrido. Mal ele sabia a que distância aquela mão ferrenha poderia chegar ou quanto tempo demoraria para estar próxima e os esmagar.

Por volta da metade do segundo dia de fuga, o escasso sortimento de provisões começou a se esgotar. Todavia, o fato não perturbou muito o caçador, pois havia caça nas montanhas, e ele frequentemente já dependera de seu rifle para atender às necessidades da vida. Depois de escolher um canto protegido, empilhou alguns ramos secos e fez uma fogueira abrasadora, com a qual seus companheiros poderiam se aquecer, pois estavam agora quase mil e quinhentos metros acima do nível do mar, e o ar era amargo e cortante. Depois de amarrar os cavalos e dizer adeus a Lucy, ele jogou a arma por cima do ombro e partiu em busca de qualquer coisa que a sorte lhe jogasse no caminho. Olhando para trás, viu o velho e a jovem agachados perto do fogo e os três animais imóveis ao fundo. Em seguida, as rochas intervenientes os esconderam de sua visão.

Caminhou por alguns quilômetros, ravina após ravina, sem sucesso; entretanto, pelas marcas na casca das árvores e por outras indicações, julgou que havia numerosos ursos nas proximidades. Finalmente, depois de duas ou três horas de busca infrutífera, estava pensando em voltar, desesperado, quando, ao lançar os olhos para o alto, viu algo que lhe disparou um arrepio de prazer no coração. Na borda de um pináculo saliente, cem ou cento e vinte metros acima, havia uma criatura um pouco assemelhada a um carneiro, mas armada com um par de chifres gigantes. O carneiro-selvagem – pois assim ele é chamado – estava agindo, era provável, como guardião de um rebanho invisível ao caçador; mas que, felizmente, seguia na direção oposta, e não o tinha percebido. Deitado com o rosto no chão, apoiou o rifle sobre uma rocha e mirou longamente antes de puxar o gatilho. O animal saltou para o ar, balançou um momento sobre a borda do precipício e depois veio desabando vale abaixo.

A criatura era pesada demais para carregar, de modo que o caçador se contentou em cortar uma coxa e parte do flanco. Com esse troféu sobre o ombro, apressou-se a refazer seus passos, pois a noite já estava chegando. Mal tinha começado, no entanto, quando percebeu a dificuldade que o aguardava. Na ânsia, tinha se afastado demais das ravinas que lhe eram conhecidas, e não seria questão fácil encontrar o caminho que tomara até ali. O vale em que se encontrava se dividia e se subdividia em muitos desfiladeiros tão parecidos entre si que era impossível distinguir um do outro. Seguiu por um quilômetro e meio ou mais, até chegar a um riacho de montanha que ele tinha certeza de nunca ter visto antes. Convencido de que tomara o caminho errado, ele tentou outro, porém com o mesmo resultado. A noite chegava depressa e estava quase escuro quando, finalmente, encontrou-se em um desfiladeiro que lhe era familiar. Mesmo assim, não foi fácil se manter na trilha correta, pois a lua ainda não tinha se erguido, e as falésias altas de cada lado tornavam a escuridão mais profunda. Sobrecarregado com seu fardo e cansado de seus esforços, ele seguiu com dificuldade, lembrando a seu coração que cada passo o levaria mais perto de Lucy e que estava carregando consigo o suficiente para garantir-lhes comida pelo restante da jornada.

Agora chegara à boca do próprio desfiladeiro onde os havia deixado. Mesmo na escuridão, conseguia reconhecer o contorno das falésias que delimitavam o local. Eles deviam, refletiu, estar aguardando-o ansiosamente, pois estivera ausente por quase cinco horas. No júbilo do seu coração, colocou as mãos à boca e fez o vale ecoar o grito forte como um sinal de que ele estava chegando. Parou e aguardou ouvir resposta. Nada veio salvar seu brado, que repicou nas ravinas silenciosas e tristes, e foi levado de volta a seus ouvidos em incontáveis repetições. Mais uma vez ele gritou, ainda mais alto do que antes, e novamente nem mesmo um sussurro veio dos amigos que ele deixara tão pouco tempo atrás. Um terror vago e sem nome recaiu sobre ele, que se apressou em frente, desesperado, agitado, largando para trás a preciosa comida.

Quando virou num canto, teve uma visão completa do local onde o fogo tinha sido aceso. Ainda havia uma pilha reluzente de cinzas de lenha, mas que não tinham, evidentemente, sido atiçadas desde sua partida. O mesmo silêncio de morte ainda reinava sobre tudo. Com seus temores todos transformados em convicções, ele se apressou. Não havia nenhuma criatura viva perto dos restos do fogo: animais, homem, donzela – tudo tinha sumido. Estava claro demais que algum desastre súbito e terrível acontecera durante sua ausência, um desastre que tinha abraçado a todos e, mesmo assim, não tinha deixado vestígios para trás.

Perplexo e atordoado com aquele golpe, Jefferson Hope sentiu a cabeça girar e teve de se apoiar sobre o rifle para se salvar da queda. Era essencialmente um homem de ação, todavia, e depressa recuperou-se da impotência temporária. Pegou do fogo latente um pedaço de lenha meio consumido, soprou até criar chama e prosseguiu com sua ajuda para examinar o pequeno acampamento. O solo estava todo carimbado pelos cascos de cavalos, mostrando que um grande grupo de homens montados tinha alcançado os fugitivos, e a direção de suas pegadas provava que tinham, depois, rumado novamente para Salt Lake City. Será que tinham levado de volta seus dois companheiros? Jefferson Hope estava quase convencido de que deviam ter feito isso, quando seu olho recaiu sobre algo que fez todos os nervos de seu corpo formigar. Um pouco para o lado do acampamento havia um monte feito de terra avermelhada, que seguramente não estava lá antes. Não havia como confundi-lo com qualquer coisa que não uma sepultura recém-escavada. Quando o jovem caçador se aproximou, percebeu que um galho fora plantado nele, com uma folha de papel presa na forquilha. A inscrição era breve, mas ia direto ao ponto:

JOHN FERRIER,
Anteriormente, de Salt Lake City,
Morreu em 4 de agosto de 1860.

Então o velho resistente, a quem o jovem deixara havia tão pouco tempo, tinha partido, e isso era todo o seu epitáfio. Jefferson Hope olhou em volta com desespero em busca de uma segunda sepultura, mas não havia nenhum sinal de outra. Lucy fora levada de volta por seus perseguidores terríveis para cumprir seu destino original: tornar-se mais uma no harém do filho do ancião. Quando Jefferson percebeu a certeza do seu destino, e sua própria impotência para impedi-lo, desejou que também ele estivesse deitado com o velho fazendeiro no silencioso local de descanso.

Mais uma vez, no entanto, seu espírito ativo sacudiu a letargia que nascia do desespero. Se não lhe restava mais nada, ele poderia pelo menos dedicar sua vida à vingança. Com paciência e perseverança indomável, Jefferson Hope possuía também um desejo de vingança contínuo, que talvez tivesse aprendido com os índios entre os quais tinha vivido. À beira da fogueira desolada, sentiu que a única coisa que poderia amenizar sua dor era a retaliação profunda e completa, trazida por sua própria mão sobre seus inimigos. Sua resoluta força de vontade e sua incansável energia, ele determinou, seriam dedicadas a esse único fim. Com o rosto pálido e severo, ele refez seus passos até onde tinha deixado a comida e, tendo acendido a fogueira em brasas, preparou carne suficiente para alguns dias. Amarrou-a numa trouxa e, cansado como estava, pôs-se a caminhar de volta pelas montanhas até recuperar a trilha dos anjos vingadores.

Durante cinco dias, ele andou penosamente, cansado e com os pés feridos, por entre os desfiladeiros que já tinha atravessado a cavalo. À noite, atirou-se no chão entre as pedras e se valeu de algumas horas de sono; mas, antes do amanhecer, já estava avançado em seu caminho. No sexto dia, chegou a Eagle Cañon, onde haviam começado a malfadada fuga.

Dali, ele poderia ver o lar dos santos. Desgastado e esgotado, inclinou-se sobre o rifle e sacudiu a mão magra ferozmente para a espalhada cidade silenciosa lá abaixo. Quando olhou para ela, observou que havia bandeiras em algumas das ruas principais, e outros sinais de festa. Ainda estava especulando sobre o que isso poderia significar quando ouviu o ruído de cascos, e vi um homem montado a cavalo vir em sua direção. Enquanto se aproximava, ele o reconheceu como um mórmon chamado Cowper, a quem prestara serviços em momentos diversos. Ele, dessa forma, aproximou-se quando o cavaleiro o alcançou, com o objetivo de descobrir qual tinha sido o destino de Lucy Ferrier.

– Sou Jefferson Hope. Você se lembra de mim.

O mórmon olhou-o com espanto indisfarçável; de fato, era difícil reconhecê-lo, naquele estado esfarrapado de andarilho desarrumado, com o rosto pálido medonho e ferozes olhos selvagens, como o astuto jovem caçador de outrora. Quando o homem, porém, mostrou-se satisfeito com a identidade do caçador, sua surpresa mudou para consternação.

– Você é louco de vir aqui! – exclamou. – Se eu for visto lhe falando, o preço é minha própria vida. Há um mandado contra você emitido pelos Quatro Santos por ajudar na fuga dos Ferriers.

– Não os temo, muito menos o mandado deles – disse Hope, sinceramente. – Você deve saber alguma coisa sobre esse assunto, Cowper. Imploro, por tudo que lhe for mais importante, que responda a algumas perguntas. Sempre fomos amigos. Pelo amor de Deus, não se recuse a me responder.

– O quê? – perguntou o mórmon, inquieto. – Seja rápido. Até as rochas têm ouvidos, e as árvores têm olhos.

– O que aconteceu com Lucy Ferrier?

– Ela se casou ontem com o jovem Drebber. Aguente, homem, aguente, não há mais vida sobrando em você.

– Não se importe comigo – disse Hope, fracamente. Estava branco até os lábios, e tinha afundado sobre a pedra contra a qual se inclinara. – Casou-se, você diz?

– Casou-se ontem; é para isso que servem aquelas bandeiras que são vistas no templo. O jovem Drebber e o jovem Stangerson trocaram algumas palavras a respeito de quem iria ficar com a moça. Ambos estavam no grupo que os seguiu, e Stangerson foi quem atirou no pai dela, o que pareceu lhe dar o melhor poder de reivindicação; mas, quando discutiram no conselho, o lado de Drebber era o mais forte, de modo que o Profeta a entregou para ele. Porém, ninguém vai tê-la por muito tempo, pois ontem vi morte no rosto dela. Ela é mais fantasma do que mulher. Está de partida, então?

– Sim, estou de partida – confirmou Jefferson Hope, que havia se levantado. Seu rosto poderia ter sido esculpido em mármore, tão dura e resoluta era sua expressão, e seus olhos brilhavam com uma luz sinistra.

– Aonde você vai?

– Não importa – ele respondeu; e, jogando a arma por cima do ombro, afastou-se descendo pelo desfiladeiro e assim adentrou o coração das montanhas onde rondavam os animais selvagens. Entre eles todos não havia nenhum tão feroz e tão perigoso quanto o próprio Hope.

A previsão do mórmon cumpriu-se muito bem. Se foi a morte terrível do pai ou os efeitos do casamento odioso ao qual ela fora forçada, a pobre Lucy nunca ergueu a cabeça de novo, definhou e morreu dentro de um mês. O marido embrutecido, que havia se casado com ela principalmente por causa da propriedade de John Ferrier, não sofreu nenhuma grande dor no falecimento; mas as outras esposas a lamentaram e fizeram vigília na noite antes do enterro, como é o costume mórmon. Estavam agrupadas em volta do caixão nas primeiras horas da manhã, quando, para seu medo e espanto indizíveis, a porta se abriu e um homem de aparência selvagem, castigado pelo tempo e em roupas esfarrapadas, entrou no recinto. Sem um olhar ou uma palavra para as mulheres encolhidas, ele caminhou até o corpo branco e silencioso que outrora continha a alma pura de Lucy Ferrier. Inclinando-se sobre ela, pressionou-lhe os lábios reverentemente sobre a testa fria e, em seguida, pegando-lhe a mão, tomou a aliança de casamento de seu dedo.

– Ela não deve ser enterrada com isso – declarou com um grunhido feroz e, antes que um alarme pudesse ser levantado, correu para as escadas e foi embora. Tão estranho e tão breve foi o episódio que as observadoras poderiam ter achado difícil de acreditar ou de convencer outras pessoas, não fosse o fato inegável de que o aro de ouro que a marcava como tendo sido uma noiva desaparecera.

Durante alguns meses, Jefferson Hope ficou nas montanhas, levando uma estranha vida selvagem e alimentando seu coração com o feroz desejo da vingança que o possuía. Lendas foram contadas na cidade sobre a estranha figura vista rondando os subúrbios e que assombrava os desfiladeiros das montanhas solitárias. Uma vez, uma bala zuniu através da janela de Stangerson e se achatou na parede a um passo dele. Em outra ocasião, quando Drebber passava debaixo de um penhasco, uma grande pedra caiu sobre ele, que só escapou de uma morte terrível atirando-se de cara no chão. Os dois jovens mórmons não demoraram a descobrir o motivo daquelas ameaças contra suas vidas e conduziram repetidas expedições para as montanhas na esperança de capturar ou matar seu inimigo, mas sempre sem sucesso. Então adotaram a precaução de nunca mais sair sozinhos ou após o anoitecer e de ter suas casas protegidas. Depois de um tempo, foram capazes de relaxar essas medidas, pois nada foi ouvido ou visto de seu oponente, e esperavam que o tempo lhe tivesse esfriado o desejo de vingança.

Longe disso, o tempo havia, acima de tudo, aumentado o desejo. A mente do caçador era de uma natureza dura e inflexível, e a ideia predominante de vingança tinha tomado tal posse dela que não havia espaço para qualquer outra emoção. Hope estava, no entanto, além de todas as coisas práticas. Logo percebeu que até mesmo sua constituição de ferro não poderia suportar a pressão incessante que estava colocando sobre si mesmo. A exposição aos elementos da Natureza e a falta de alimentos saudáveis o estavam desgastando. Se morresse como um cão entre as montanhas, no que então daria sua vingança? E, no entanto, tal morte com certeza o venceria se ele persistisse. Sentiu que era o mesmo que jogar o jogo do inimigo e, relutantemente, voltou para as antigas minas de Nevada para recuperar a saúde e acumular dinheiro suficiente que lhe permitisse perseguir seu objetivo sem privações.

A intenção era ficar ausente por um ano, no máximo, mas uma combinação de circunstâncias imprevistas o impediu de sair das minas por quase cinco. Ao fim desse tempo, porém, a memória de seus erros e o desejo de vingança estavam quase tão afiados como naquela noite fatídica na sepultura de John Ferrier. Disfarçado, e sob um nome falso, ele voltou a Salt Lake City, sem se importar com o que pudesse ser feito de sua vida, contanto que obtivesse o que ele sabia ser a justiça. Lá, más notícias o aguardavam. Poucos meses antes, houvera um cisma entre o Povo Escolhido: alguns dos membros mais jovens da Igreja tinham se rebelado contra a autoridade dos anciãos, e o resultado foi a secessão de um certo número de descontentes, que haviam deixado Utah e se tornado gentios. Entre esses estavam Drebber e Stangerson; e ninguém sabia para onde tinham ido. Rumores informavam que Drebber conseguira converter uma grande parte de sua propriedade em dinheiro e que tinha se tornado um homem rico, enquanto seu companheiro, Stangerson, ficara pobre em comparação. Não havia nenhum indício, no entanto, do paradeiro de ambos.

Muitos homens, embora vingativos, teriam abandonado qualquer pensamento de vingança em face de tamanha dificuldade, mas Jefferson Hope não vacilou nem por um instante. Com a pequena competência que possuía, economizando e pegando qualquer trabalho que pudesse, viajou de cidade em cidade pelos Estados Unidos, em busca de seus inimigos. Ano suplantou ano, o cabelo negro tornou-se grisalho, mas ainda assim ele prosseguiu, um cão de caça humano, com a mente focada no objetivo sobre o qual tinha dedicado sua vida. Por fim, sua perseverança foi recompensada. Foi tudo um mero relance de um rosto em uma janela, mas esse olhar lhe dizia que Cleveland, em Ohio, possuía os homens a quem ele estava buscando. Voltou para seus miseráveis aposentos com o plano de vingança todo arranjado. Aconteceu, porém, que Drebber, olhando de sua janela, reconhecera o vagabundo na rua e lera assassinato em seus olhos. Foi às pressas ter com um juiz de paz, acompanhado de Stangerson, que se tornara seu secretário particular, e relatou-lhe que suas vidas corriam perigo por causa da inveja e do ódio de um antigo rival. Naquela noite, Jefferson Hope foi levado sob custódia e, incapaz de encontrar os meios de pagar fiança, foi detido por algumas semanas. Quando enfim foi libertado, descobriu apenas que a casa de Drebber estava deserta e que ele e seu secretário haviam partido para a Europa.

Mais uma vez o vingador fora frustrado, e, novamente, o seu ódio concentrado lhe pediu para continuar a perseguição. Faltavam-lhe fundos, no entanto, e durante algum tempo ele teve que voltar ao trabalho, economizando cada centavo para a viagem que se aproximava. Por fim, depois de ter juntado o suficiente para sobreviver, ele partiu para a Europa e rastreou seus inimigos de cidade em cidade, fazendo qualquer trabalho braçal enquanto isso, mas sem nunca os alcançar. Quando chegou a São Petersburgo, eles haviam partido para Paris; e quando os seguiu até lá, soube que acabavam de partir para Copenhague. À capital dinamarquesa chegou novamente com alguns dias de atraso, pois os homens viajaram para Londres, onde ele finalmente conseguiu alcançá-los por terra. Quanto ao que ocorreu lá, não podemos fazer melhor do que citar o próprio relato do velho caçador, tal como devidamente registrado no Diário do dr. Watson, ao qual já devemos tanto.

Capítulo 6

- **Uma continuação das reminiscências do dr. John H. Watson**

A resistência furiosa de nosso prisioneiro, aparentemente, não indicava nenhuma ferocidade contra nós, pois, ao se dar conta de sua impotência, ele sorriu de maneira afável e expressou a esperança de que não nos tivesse ferido na briga.

— Acho que vai me levar para a delegacia de polícia — comentou com Sherlock Holmes. — Meu carro está parado à sua porta. Se puder soltar minhas pernas, vou caminhando até ele. Não sou tão leve como costumava ser.

Gregson e Lestrade se entreolharam como se considerassem a proposição um tanto corajosa; mas Holmes, de imediato, aceitou a palavra do prisioneiro e afrouxou a toalha que lhe amarrara em volta dos tornozelos. O homem se levantou e esticou as pernas, como se para assegurar que estavam livres novamente. Lembro-me de pensar comigo mesmo, ao observá-lo, que poucas vezes eu vira um homem de constituição mais robusta; e seu rosto moreno de sol exibia uma expressão de determinação e energia tão formidável quanto sua força pessoal.

– Se houver vaga para chefe de polícia, acredito que o senhor é o homem certo – disse, olhando com admiração indisfarçada para meu companheiro de apartamento. – A forma como seguiu meu rastro foi primorosa.

– É melhor virem comigo – propôs Holmes para os dois detetives.

– Eu posso conduzi-los – manifestou-se Lestrade.

– Bom! E Gregson pode vir junto dentro do veículo. Você também, doutor; já que se interessou pelo caso, pode muito bem ficar conosco.

Concordei de bom grado, e todos nós descemos juntos. Nosso prisioneiro não fez nenhuma tentativa de fuga, entrou calmamente no carro de aluguel que tinha sido dele, e nós o seguimos. Lestrade subiu na posição do cocheiro, instigou o cavalo e nos conduziu em tempo muito curto para nosso destino. Fomos levados a uma pequena câmara onde um inspetor de polícia anotou o nome do nosso prisioneiro e o nome dos homens de cujo assassinato ele era acusado. O oficial era um sujeito insensível de rosto branco, que percorria suas funções de forma mecânica e maçante.

– O prisioneiro será posto perante os magistrados no curso da semana – disse ele. – Nesse meio-tempo, sr. Jefferson Hope, existe algo que gostaria de dizer? Devo adverti-lo de que suas palavras serão levadas em consideração e poderão ser usadas contra o senhor.

– Tenho muito a dizer – respondeu nosso prisioneiro, lentamente. – Quero lhes contar tudo.

– Não seria melhor reservar a declaração para o julgamento? – perguntou o inspetor.

– Posso nunca ser julgado – ele devolveu. – Não fiquem surpresos. Não é em suicídio que estou pensando. O senhor é médico? – Ele virou os ferozes olhos escuros em minha direção, ao fazer essa última pergunta.

– Sim, eu sou – redargui.

– Então ponha a mão aqui – continuou, com um sorriso, gesticulando com os pulsos algemados em direção ao peito.

Assim o fiz; e, na hora, tomei consciência da palpitação extraordinária e da comoção que acontecia ali dentro. As paredes do seu peito pareciam tremer e estremecer à maneira de um edifício frágil que tem uma máquina poderosa funcionando dentro dele. No silêncio do recinto, pude ouvir um ruído e um zumbido abafado procedentes da mesma fonte.

– Ora! – exclamei. – Você tem um aneurisma aórtico!

– É assim que chamam – replicou Hope, placidamente. – Visitei um médico na semana passada para tratar disso, e ele me contou que vai estourar em poucos dias. Foi piorando ao longo dos anos. Adquiri a enfermidade por excesso de exposição e subnutrição entre as Salt Lake Mountains. Agora já fiz meu trabalho, e não me importo se vou partir em breve, mas gostaria de fazer um relato do que me trouxe até aqui. Não quero ser lembrado como um assassino comum.

O inspetor e os dois detetives tiveram uma discussão apressada quanto à conveniência de lhe permitir contar sua história.

– O senhor considera, doutor, que há perigo imediato? – perguntou o primeiro.

– Certamente existe – respondi.

– Nesse caso, é claramente o nosso dever, no interesse da justiça, tomar seu depoimento – disse o inspetor. – O senhor tem liberdade para oferecer seu relato, o qual, novamente lhe advirto, será levado em conta.

– Vou me sentar, com sua licença – informou o prisioneiro, adequando a ação à palavra. – Este aneurisma da mina me deixa cansado com facilidade, e a briga que tivemos há meia hora não melhorou as coisas. Estou com o pé na cova e não pretendo mentir aos senhores. Cada palavra que digo é a verdade absoluta, e como o senhor a usará eu considero uma questão irrelevante.

Com essas palavras, Jefferson Hope recostou-se na cadeira e começou o depoimento notável; falou de forma calma e metódica, como se os acontecimentos narrados fossem bastante comuns. Posso garantir a exatidão do relato, pois tenho acesso à caderneta de Lestrade, na qual as palavras do prisioneiro foram anotadas exatamente como proferidas.

– Não importa muito aos senhores por que eu odiava aqueles homens – disse ele. – É suficiente dizer que eram culpados da morte de dois seres humanos, um pai e uma filha, e que, desta maneira, eles colocaram em risco as próprias vidas. Devido ao lapso de tempo que se passou desde o crime que cometeram, era-me impossível garantir-lhes condenação perante qualquer tribunal. Eu sabia de sua culpa, porém, e determinei que eu deveria ser juiz, o júri e o algoz, tudo em um só. Os senhores teriam feito o mesmo se tivessem alguma virilidade, se estivessem no meu lugar.

"A moça da qual eu falava teria se casado comigo há vinte anos, mas foi forçada a se casar com esse mesmo Drebber, que lhe partiu o coração. Peguei a aliança de casamento da moça de seu dedo morto e jurei que os olhos moribundos do assassino repousariam sobre ela, e que seus últimos pensamentos deveriam ser a respeito do crime sobre o qual ele estava sendo punido.

Carreguei a aliança comigo e segui tanto ele quanto o cúmplice, ao longo de dois continentes, até pegá-los. Eles pensaram que iam me cansar, mas não conseguiram. Se eu morrer amanhã, como é bem provável, vou morrer sabendo que meu trabalho neste mundo foi feito, e bem-feito. Eles pereceram, e pela minha mão. Não tenho mais esperanças de nada, nem desejos.

"Eles eram ricos, e eu era pobre, portanto não foi fácil segui-los. Quando cheguei a Londres, meu bolso estava praticamente vazio, e achei que eu precisava me virar e fazer algo para obter sustento. Conduzir carroças e montar a cavalo me eram tão naturais quanto caminhar, por isso eu me candidatei no escritório de um dono de carros de aluguel, e logo fui empregado. Deveria levar ao dono certa soma toda semana, e o que sobrasse poderia ficar comigo. Raramente sobrava muito, mas consegui sobreviver de alguma forma. O trabalho mais difícil foi aprender a me localizar, pois entendo que, de todos os labirintos já inventados, esta cidade é o mais confuso. No entanto, eu tinha um mapa comigo e, quando marquei os principais hotéis e estações, virei-me muito bem.

"Passou-se algum tempo antes de eu descobrir onde meus dois cavalheiros estavam morando; mas investiguei e investiguei até encontrá-los. Estavam numa pensão em Camberwell, lá do outro lado do rio. Assim que os encontrei, eu sabia que os tinha à minha mercê. Estava de barba crescida, e não havia chance de ser reconhecido por eles. Eu os perseguiria até encontrar minha oportunidade; determinado a que não me escapassem novamente.

"E foi por pouco. Aonde quer que eles fossem em Londres, eu sempre estava em seus calcanhares. Às vezes os seguia no carro, e às vezes a pé, mas o primeiro era melhor, pois assim não poderiam se afastar de mim. Era somente no início da manhã ou tarde da noite que eu podia ganhar alguma coisa, de modo que comecei a não conseguir pagar tudo o que devia ao empregador. Eu não me importava, porém, contanto que conseguisse colocar as mãos nos homens que eu queria.

"Mas eram muito astutos. Devem ter pensado que havia alguma chance de estarem sendo seguidos, pois nunca saíam sozinhos, e nunca depois do anoitecer. Durante duas semanas, guiei pela cidade atrás deles todos os dias, e nunca os vi separados. E o próprio Drebber estava bêbado na metade do tempo, mas Stangerson não se deixava pegar desprevenido. Eu os vigiava noite e dia, sem nunca ver nem o fantasma de uma chance; mas não me desanimava, pois algo me dizia que a hora era iminente. Meu único medo era de que essa coisa no meu peito fosse estourar um pouco cedo demais e deixar meu trabalho inacabado.

"Enfim, uma noite, eu estava conduzindo para cima e para baixo pela Torquay Terrace, como era chamada a rua na qual se situava a pensão, quando vi um cabriolé parar à porta deles. Logo em seguida, alguma bagagem foi trazida para fora e, depois de um tempo, Drebber e Stangerson a seguiram e foram embora. Chicoteei meu cavalo e os mantive à vista, sentindo-me inquieto, pois temia que fossem se acomodar em outro lugar. Na Euston Station eles saltaram; deixei um moleque segurando meu cavalo, e os segui para a plataforma. Ouvi-os perguntar pelo trem para Liverpool e o guarda responder que não haveria outro senão dentro de algumas horas. Stangerson pareceu se contrariar, mas Drebber se mostrou mais satisfeito do que outra coisa. Fiquei tão perto deles no meio da agitação que podia ouvir cada palavra do que se passava. Drebber disse que tinha que tratar de um pequeno assunto particular dele e que, se o outro pudesse esperá-lo, logo estaria de volta. O companheiro protestou e lembrou-o de que tinham se decidido a ficar juntos. Drebber respondeu que o assunto era delicado e que deveria ir sozinho. Não ouvi o que Stangerson lhe respondeu, mas o outro explodiu em palavrões e lembrou-lhe de que ele não era nada mais do que seu empregado assalariado e que não deveria pensar em lhe dar ordens. O secretário deu-se por vencido e simplesmente combinou que, se Drebber perdesse o último trem, deveria se juntar a ele no Halliday's Private Hotel; ao que o outro respondeu que estaria de volta na plataforma antes das onze, e assim seguiu caminho para sair da estação.

"O momento pelo qual eu esperava havia tanto tempo finalmente chegara. Tinha meus inimigos em meu poder. Juntos, eles poderiam se proteger um ao outro, mas, sozinhos, estavam à minha mercê. Não agi, no entanto, com precipitação indevida. Meus planos já estavam traçados. Não há satisfação na vingança a menos que o infrator tenha tempo de perceber quem o atinge e por que a retaliação lhe foi imposta. Meus planos eram tais que eu deveria ter a oportunidade de fazer o homem que me injustiçara entender que seu antigo pecado o tinha encontrado. Calhou de, alguns dias antes, um cavalheiro que estivera à procura de casas na Brixton Road ter deixado cair a chave de uma delas na cabine do meu carro. Ele retornou para buscar a chave naquela mesma noite, e a recuperou; mas, no intervalo, eu havia tirado o molde e mandado fazer uma cópia. Por meio dela, tinha acesso a pelo menos um ponto nesta grande cidade onde eu poderia confiar que não seria interrompido. Como levar Drebber àquela casa era o difícil problema que agora eu precisava resolver.

"Ele desceu a rua e entrou em uma ou duas lojas de bebidas, permanecendo por quase meia hora na última delas. Quando saiu, seu passo não era firme, e, evidentemente, já havia passado da conta. Havia um cabriolé bem à minha frente, e ele o pegou. Segui-o tão de perto que o focinho do meu cavalo ficou a um metro do cocheiro, por todo o caminho. Sacudimos pela Waterloo Bridge e por quilômetros de ruas, até que, para meu espanto, nós nos encontramos de volta na Terrace, onde ele havia se hospedado. Eu não conseguia imaginar qual era sua intenção em retornar ali; mas segui e parei meu carro a uns cem metros da casa. Drebber entrou, e o cabriolé foi embora. Dê-me um copo-d'água, por favor. Minha boca fica seca com a fala."

Entreguei-lhe o copo, e ele bebeu.

– Assim é melhor – disse. – Bem, eu esperei por um quarto de hora, ou mais, quando, de repente, ouvi um barulho como o de pessoas brigando dentro da casa. No momento seguinte, a porta se abriu, e dois homens apareceram, um dos quais era Drebber, e o outro era um jovem camarada que eu nunca tinha visto. Este sujeito trazia Drebber pelo colarinho e, quando chegaram ao pé da escada, deu-lhe um chute que o jogou do outro lado da rua. "Seu cão!", ele gritou, sacudindo-lhe um porrete. "Vou lhe ensinar a não insultar uma moça honesta!" Estava tão nervoso que talvez tivesse espancado Drebber, mas o covarde saiu cambaleando pela rua o mais rápido que suas pernas lhe permitiam. Correu até a esquina e, então, ao ver meu coche, acenou e entrou. "Leve-me para Halliday's Private Hotel", disse-me.

"Quando estava acomodado na cabine, meu coração pulou tanto de alegria que eu temi, naquele derradeiro instante, que o aneurisma pudesse se complicar. Conduzi devagar, ponderando na mente o que seria melhor fazer. Poderia levá-lo para o campo e, em uma via deserta, poderia ter minha última conversa com ele. Tinha quase me decidido, quando o homem me resolveu o problema. A urgência da bebida o tinha dominado novamente, e recebi ordens de parar em frente a um luxuoso *pub*. Ele entrou e me pediu para esperá-lo. Ali permaneceu até a hora do fechamento e, quando saiu, estava tão embriagado que eu sabia: o jogo estava em minhas mãos.

"Não pensem que eu pretendia matá-lo a sangue-frio. Teria sido a justiça estrita, mas não consegui me convencer a fazê-lo. Havia muito, eu determinara que ele deveria ter sua vida exposta, uma vez que havia escolhido tirar vantagem dela. Entre os muitos bicos que fiz nos Estados Unidos durante minha vida errante, uma vez fui faxineiro e varredor de um laboratório em York College. Um dia, o professor lecionava sobre venenos e mostrou aos alunos um alcaloide, como ele chamou, extraído de uma flecha envenenada sul-americana, tão poderoso que o menor grão significaria a morte instantânea. Avistei o frasco no qual o preparado era mantido e, quando todos haviam partido, servi-me de um pouquinho dele. Eu tinha alguma experiência com fármacos e manuseei o alcaloide até transformá-lo em pequenas pílulas solúveis; cada uma eu coloquei numa caixinha com uma pílula semelhante feita sem o veneno. Determinei que, ao ter minha chance, meus cavalheiros fariam uma escolha em cada caixa; a pílula restante seria minha. A solução era igualmente mortífera e muito menos barulhenta do que disparar através de um lenço. A partir daquele dia, eu sempre levava comigo as caixinhas de pílulas, e já estava na hora de usá-las.

"Já era mais próximo da uma hora do que da meia-noite; fazia uma noite feroz e sombria, com um vento forte e uma chuva torrencial. Por pior que estivesse lá fora, eu estava contente por dentro – tão feliz que poderia gritar de pura exaltação. Se algum dos senhores já desejou alguma coisa, e desejou-a por vinte longos anos, e de repente a encontrou ao alcance das mãos, consegue entender meus sentimentos. Acendi um charuto e baforei para acalmar os nervos, mas minhas mãos tremiam, e minhas têmporas pulsavam com ansiedade. Enquanto conduzia, tão claro como vejo todos os senhores nesta sala, eu enxergava o velho John Ferrier e a doce Lucy me olhando da escuridão e sorrindo para mim. Por todo o caminho eles me precederam, um de cada lado do cavalo, até que eu parei na casa em Brixton Road.

"Não se via uma alma sequer, nem um som para ser ouvido, exceto os pingos da chuva. Quando olhei pela janela, encontrei Drebber todo amontoado no sono da embriaguez. Sacudi-o pelo braço: 'É hora de sair', disse eu.

"'Tudo bem, cocheiro', respondeu ele.

"Talvez pensou que já tivesse chegado ao hotel solicitado, pois saiu sem dizer uma palavra e me seguiu para o jardim. Tive de caminhar ao seu lado a fim de mantê-lo estável, pois ainda estava um pouco desequilibrado. Quando chegamos à porta, eu a abri e o levei para a sala da frente. Dou-lhes minha palavra: por todo o caminho, o pai e a filha caminharam à nossa frente.

"'Está escuro como o inferno', disse ele, testando os passos.

"'Logo teremos uma luz', respondi-lhe, riscando um fósforo e acendendo uma vela de cera que tinha trazido comigo. 'Agora, Enoch Drebber', continuei, ao me voltar para ele e segurar a luz diante do meu rosto. 'Quem sou eu?'

"Ele me observou, por um instante, com olhos turvos, ébrios, e depois vi o horror se espalhar por eles e convulsionar suas feições por completo, o que mostrava reconhecimento. O homem cambaleou para trás com o rosto lívido, e vi o suor lhe brotar na testa, e o dentes tiritar na boca. Às suas vistas, apoiei minhas costas na porta e ri em alto e bom som. Sempre soube que a vingança seria doce, mas nunca esperei o contentamento de alma que agora me possuía.

"'Seu cão!', disse eu. 'Venho caçando você de Salt Lake City a São Petersburgo, e você sempre me escapou. Agora finalmente suas andanças chegaram ao fim, pois você ou eu nunca veremos o nascer do sol amanhã.' Ele se encolhia ainda mais conforme eu falava, e pude notar em seu rosto que me achava louco. E na hora eu estava mesmo. Minhas têmporas pulsavam como se estivessem sendo marteladas por marretas, e eu acreditei que teria um ataque de algum tipo se o sangue não tivesse jorrado pelo meu nariz e me aliviado.

"'O que você acha de Lucy Ferrier agora?', gritei, ao trancar a porta e depois sacudir-lhe a chave na cara. 'A punição demorou para chegar, mas o pegou, enfim.' Vi seus lábios covardes tremer enquanto eu falava. Ele teria implorado pela vida, mas sabia muito bem que era inútil.

"'Vai me matar?', ele gaguejou.

"'Não há nenhum assassinato', respondi. 'Quem fala de assassinar um cachorro louco? Que misericórdia você teve sobre minha pobre querida, quando a arrastou para longe do pai massacrado e a carregou para seu harém amaldiçoado e sem-vergonha?'

"'Não fui eu quem matou o pai dela!', exclamou.

"'Mas foi você quem lhe partiu o coração inocente', estrilei, empurrando a caixa diante dele. 'Deixe o Deus nas alturas estender seu julgamento sobre nós. Escolha e engula. Há morte em uma e vida na outra. Vou engolir a que você deixar. Veremos se há justiça na terra, ou se somos governados pelo acaso.'

"Ele se encolheu e se afastou com gritos selvagens e orações por misericórdia, mas saquei minha faca e a segurei na garganta dele até que me obedecesse. Então engoli o outro comprimido e ficamos nos encarando em silêncio por um minuto ou mais, esperando para ver quem viveria e quem morreria. Será que algum dia vou esquecer o olhar que lhe tomou o rosto quando as primeiras pontadas o alertaram de que o veneno estava em seu corpo? Dei risada quando vi e segurei a aliança de Lucy na frente de seus olhos. Foi apenas um instante, pois o alcaloide age rápido. Um espasmo de dor lhe contorceu as feições; ele ergueu as mãos na frente do corpo, cambaleou e, então, com um grito rouco, caiu pesadamente no chão. Virei-o com meu pé e coloquei a mão sobre seu coração. Não havia movimento. Ele estava morto!

"O sangue escorria pelo meu nariz, mas eu não tinha notado. Não sei o que se passou na minha cabeça quando decidi usá-lo para escrever na parede. Talvez fosse alguma ideia perniciosa de colocar a polícia na pista errada, pois me senti leve e alegre depois. Lembrei-me de um alemão encontrado morto em Nova Iorque com a palavra RACHE escrita acima dele. Nos jornais da época, argumentava-se que sociedades secretas deviam ter cometido o crime. Imaginei que a mesma coisa que intrigasse os nova-iorquinos intrigaria os londrinos, portanto mergulhei o dedo no meu próprio sangue e pintei a palavra numa posição conveniente na parede. Depois, fui até meu coche, certifiquei-me de que não havia ninguém por perto, e que o céu noturno ainda estava bem agitado. Havia percorrido alguma distância quando coloquei a mão no bolso no qual costumava manter a aliança de Lucy e descobri que ela não estava ali. Fiquei estupefato, pois era a única lembrança que eu possuía dela. Pensando que poderia ter deixado cair ao me inclinar sobre o corpo de Drebber, conduzi de volta, deixei o carro na rua lateral e voltei corajosamente para a casa – pois eu estava disposto a arriscar qualquer coisa para não perder o anel. Quando cheguei lá, fui parar diretamente nos braços de um policial que estava saindo, e só consegui me desfazer das suspeitas ao fingir que estava irremediavelmente bêbado.

"E foi assim que Enoch Drebber chegou ao seu fim. Tudo o que me restava era fazer o mesmo por Stangerson, e assim saldar a dívida de John Ferrier. Eu sabia que ele estava hospedado no Halliday's Private Hotel, e fiquei por lá o dia todo, mas ele nunca saiu. Imagino que suspeitasse de algo depois que Drebber não apareceu. Stangerson era astuto e estava sempre de guarda. Se pensou que poderia me manter afastado ao ficar dentro do hotel, estava muito enganado. Logo descobri qual era a janela do quarto dele e, na manhã seguinte, aproveitei uma escada que ficava deitada na rua atrás do hotel e assim eu subi até o quarto, no cinzento da aurora. Acordei-o e lhe disse que tinha chegado a hora em que responderia pela vida que ele tomara havia tanto tempo. Descrevi-lhe a morte de Drebber e lhe dei a mesma escolha das pílulas envenenadas. Em vez de agarrar a chance de segurança que eu oferecia, ele pulou da cama e voou na minha garganta. Em autodefesa, eu o esfaqueei no coração. Teria dado no mesmo, de qualquer forma, pois a Providência nunca permitiria que a mão culpada escolhesse algo diferente do veneno.

"Não tenho muito mais a dizer, o que é bom, pois estou praticamente exausto. Continuei com o carro de aluguel por um dia ou dois, com a intenção de trabalhar até poder juntar dinheiro para me levar de volta aos Estados Unidos. Eu estava no pátio quando um moleque maltrapilho perguntou se havia um cocheiro ali chamado Jefferson Hope, e disse que o coche era procurado por um cavalheiro no número 221B da Baker Street. Fui até lá, sem suspeitar de nenhum dano, e a próxima coisa que soube, este jovem aqui tinha algemado meus pulsos e me imobilizado de tal forma que eu nunca vira igual na vida. Essa é toda a minha história, cavalheiros. Podem me considerar um assassino; mas me defendo dizendo que sou tanto um homem da justiça como os senhores."

Tão emocionante foi a narrativa, e seus modos eram tão impressionantes, que ficamos sentados, quietos e absortos. Mesmo os detetives profissionais, por mais indiferentes que fossem diante de todos os detalhes dos crimes, pareciam muito interessados na história. Quando o homem terminou, ficamos por alguns minutos num silêncio que só foi quebrado pelo riscar do lápis de Lestrade ao dar os toques finais em seu relato taquigráfico.

– Só há um ponto sobre o qual gostaria de mais informação – Sherlock Holmes disse, por fim. – Quem foi seu cúmplice, o que veio buscar a aliança anunciada?

O prisioneiro piscou para meu amigo jocosamente.

– Posso contar meus próprios segredos – revelou –, mas não posso colocar outras pessoas em apuros. Vi seu anúncio e achei que poderia ser um engodo, ou poderia ser a aliança que eu queria. Meu amigo se dispôs a ir e constatar. Acredito que concordarão que ele foi ótimo.

– Não resta dúvida quanto a isso – concordou Holmes cordialmente.

– Agora, cavalheiros – disse o inspetor com gravidade –, as formas da lei devem ser cumpridas. Na quinta-feira, o prisioneiro será levado perante os magistrados, e a presença dos senhores será necessária. Até lá, serei responsável por ele. – Tocou a campainha enquanto falava, e Jefferson Hope foi levado por um par de guardas, enquanto meu amigo e eu saímos da delegacia e pegamos um cabriolé de volta para Baker Street.

Capítulo 7

• A CONCLUSÃO •

Todos havíamos sido intimados a comparecer perante os magistrados na quinta-feira; mas, quando chegou o dia, não houve ocasião para o nosso testemunho. Um juiz superior tomara o assunto em suas mãos, e Jefferson Hope foi convocado ao tribunal, onde a justiça estrita lhe seria aplicada. Na noite seguinte à captura, o aneurisma estourou, e Hope foi encontrado pela manhã, estendido no chão da cela, com um sorriso plácido no rosto, como se tivesse conseguido, em seus momentos finais, repassar uma vida útil e um trabalho bem-feito.

– Gregson e Lestrade ficarão irados ao saber da morte – observou Holmes, enquanto conversávamos na noite seguinte. – O que será agora de seu grande anúncio?

– Não acho que eles tiveram muito a ver com a captura – respondi.

– O que fazemos neste mundo é irrelevante – retrucou meu companheiro, com amargura. – A questão é o que fazemos as pessoas acreditar que fizemos. Não importa – continuou, com mais intensidade, depois de uma pausa. – Eu não teria perdido a investigação por nada neste mundo. Não me lembro de caso melhor. Por mais simples que fosse, houve vários pontos muito instrutivos.

– Simples! – exclamei.

– Bem, na verdade, dificilmente pode ser descrito de outra forma – disse Sherlock Holmes, sorrindo diante da minha surpresa. – A prova de sua simplicidade intrínseca é que, sem nenhuma ajuda, salvo algumas deduções muito comuns, fui capaz de colocar as mãos no criminoso em três dias.

– Isso é verdade – concordei.

– Já lhe expliquei que o que está fora do comum geralmente é um guia, e não um obstáculo. Na resolução de um problema desse tipo, o ponto decisivo é poder raciocinar do fim para o começo. É um trunfo muito útil, e muito fácil, mas pouco praticado. Nos assuntos cotidianos, é mais útil raciocinar para a frente, de modo que o outro tipo de pensamento acaba negligenciado. Há cinquenta pessoas que conseguem argumentar de forma sintética, para uma que raciocina de forma analítica.

– Confesso – disse eu – que não o entendo bem.

– Eu não esperava que entendesse. Deixe-me ver se posso tornar mais claro. A maioria das pessoas, quando você lhes descreve uma série de acontecimentos, vai dizer qual seria o resultado. Conseguem juntar esses eventos e argumentar, a partir deles, que algo vai acontecer. Há poucas pessoas, no entanto, que, se você lhes der o resultado, seriam capazes de desdobrar, na própria consciência, as etapas que levaram até ele. É a esse poder que me refiro quando falo em raciocinar do fim para o começo.

– Entendo.

– Veja, esse foi um caso em que nos deparamos com o desfecho e tivemos de encontrar todo o resto sozinhos. Agora, deixe-me fazer um esforço para lhe mostrar as diferentes etapas do meu raciocínio. Começando do início: aproximei-me da casa, como você sabe, a pé, e com a mente livre por completo de todas as impressões. Comecei, naturalmente, examinando a rua, e lá, como já expliquei a você, observei as evidentes marcas de um carro, que, segundo confirmei com perguntas, devia ter estado lá durante a noite. Eu me convenci de que era um carro de aluguel, e não particular, por causa da distância estreita entre as rodas. Os coches de aluguel de quatro rodas comuns em Londres são consideravelmente mais estreitos do que os cupês de cavalheiros.

"Esse era o primeiro ponto ganho. Então, andei devagar pelo caminho de argila em meio ao jardim, particularmente adequado para gravar impressões. Para você, sem dúvida, pareceu ser uma mera linha de lama pisoteada, mas, aos meus olhos treinados, cada marca na superfície tinha um significado. Não há ramo da ciência investigativa que seja tão importante e tão negligenciado como a arte de rastreamento de passos. Sempre enfatizei muito o assunto, e a prática recorrente a tornou minha segunda natureza. Vi as pegadas pesadas dos policiais, mas também vi o rastro dos dois homens que passaram primeiro pelo jardim. Era fácil dizer que haviam estado ali antes dos outros, porque, em certos pontos, suas marcas tinham sido totalmente suprimidas pelas outras pegadas que vieram por cima. Dessa forma, meu segundo elo foi estabelecido, o que me disse que os visitantes noturnos eram dois em número: um notável pela altura (como calculei a partir do comprimento de seu passo), e o outro estava vestido com elegância, a julgar pela pequena e elegante impressão deixada por suas botas.

"Ao entrar na casa, essa última inferência foi confirmada. Meu homem de botas boas jazia diante dos meus olhos. O alto, então, havia cometido o assassinato, se é que existira assassinato. Não havia ferida na pessoa do morto, mas a expressão agitada em seu rosto me assegurava que ele tinha previsto seu destino antes que este o atingisse. Homens que morrem de doença cardíaca, ou de qualquer causa natural súbita, nunca, em hipótese alguma, exibem agitação no semblante. Após cheirar os lábios do defunto, detectei um odor ligeiramente azedo, e cheguei à conclusão de que havia ingerido veneno à força. Mais uma vez, argumentei que fora à força devido ao medo expresso em seu rosto. Pelo método da exclusão, eu havia chegado a esse resultado, pois nenhuma outra hipótese faria sentido com os fatos. Não pense que a ideia foi muito inédita. A administração forçada de veneno não é algo novo nos anais dos crimes, de maneira nenhuma. Lembranças dos casos de Dolsky, em Odessa, e de Leturier, em Montpellier, vão saltar imediatamente à memória de qualquer toxicologista.

"E agora vinha a grande questão: saber o motivo. Roubo não havia sido o objeto do assassinato, pois nada fora levado. Era a política, então, ou uma mulher? Fui confrontado por essa pergunta. Minha inclinação ia da primeira para a segunda hipótese. Assassinos políticos ficam felicíssimos em realizar o trabalho e darem no pé. Esse assassinato tinha, pelo contrário, sido realizado de forma mais deliberada, e o agressor deixara rastros por toda a sala, mostrando que tinha estado lá o tempo todo. Devia ser assunto particular, e não político, para exigir uma vingança tão metódica. Quando a inscrição foi descoberta na parede, eu estava mais propenso do que nunca a tomar minha opinião como certa. Aquilo era evidentemente uma farsa. Quando a aliança foi encontrada, no entanto, a questão foi resolvida. Era evidente que o assassino a usara para lembrar sua vítima de alguma mulher morta ou ausente. Foi nesse momento que eu perguntei a Gregson se ele havia questionado, no telegrama a Cleveland, sobre algum ponto em particular da carreira prévia do sr. Drebber. Ele respondeu, você deve se lembrar, negativamente.

"Em seguida, prossegui a fazer um exame cuidadoso do cômodo, o que me confirmou a opinião quanto à altura do assassino, e me forneceu os detalhes adicionais quanto ao charuto Trichinopoly e ao comprimento de suas unhas. Eu já chegara à conclusão, uma vez que não havia sinais de luta, de que o sangue que cobria o chão havia jorrado do nariz do assassino em meio à exaltação. Pude perceber que a trilha coincidia com o rastro de seus pés. É raro qualquer homem, a não ser que seja muito cheio de sangue, sofrer esse tipo de efeito por causa da emoção, por isso arrisquei a opinião de que o criminoso era, provavelmente, um homem robusto e de rosto vermelho. Os eventos provaram que meu julgamento era correto.

"Assim que deixei a casa, prossegui com o que Gregson negligenciara. Telegrafei para o chefe de polícia em Cleveland, limitando-me a perguntar sobre as circunstâncias ligadas ao casamento de Enoch Drebber. A resposta foi conclusiva. Ele me disse que Drebber já havia se inscrito para obter proteção legal contra um velho rival no amor, chamado Jefferson Hope, e que esse mesmo Hope se encontrava, no momento, na Europa. Eu sabia, então, que detinha a pista para o mistério em minhas mãos e que agora só bastava pegar o assassino.

"Eu já havia determinado em minha própria mente que o homem que entrara na casa com Drebber não era outro senão o cocheiro. As marcas na rua me mostravam que o cavalo havia andado por ali de uma forma que não teria sido possível se houvesse alguém no comando. Onde, então, poderia estar o condutor, a menos que fosse dentro da casa? Novamente, é absurdo supor que qualquer homem sensato realizaria um crime deliberado sob os olhos, por assim dizer, de uma terceira pessoa que, com certeza, o trairia. Por fim, supondo que um homem desejasse perseguir outro por toda a Londres, qual meio melhor ele adotaria a não ser tornar-se um cocheiro? Todas essas considerações me levaram à conclusão irresistível de que Jefferson Hope seria encontrado entre os condutores de carro de aluguel da metrópole.

"Se ele fora um cocheiro, não havia motivo para acreditar que deixaria de sê-lo. Pelo contrário, do seu ponto de vista, qualquer ação súbita seria suscetível de chamar a atenção para si mesmo. Ele teria, provavelmente, pelo menos por um tempo, de continuar a exercer suas funções. Não havia razão para supor que estivesse usando um nome falso. Por que deveria mudá-lo em um país onde ninguém conhecia seu nome original? Dessa forma, organizei os irregulares de Baker Street e os enviei sistematicamente a cada proprietário de carros de aluguel em Londres, até que desentocaram o homem que eu queria. A forma como foram bem-sucedidos e a rapidez com que tirei vantagem da situação ainda estão frescas na sua lembrança. O assassinato de Stangerson foi um incidente totalmente inesperado, mas é muito pouco provável que pudesse ter sido evitado. Por meio dele, como sabe, tomei posse dos comprimidos, cuja existência eu já imaginara. Veja você, a coisa toda é uma cadeia de sequências lógicas sem interrupção ou falhas.

– É maravilhoso! – exclamei. – Seus méritos devem ser reconhecidos publicamente. Você deve publicar um relato do caso. Se não fizer, eu farei.

• A CONCLUSÃO •

– Pode fazer o que quiser, doutor – ele respondeu. – Veja aqui! – continuou, ao me entregar um jornal. – Olhe isso!

Era o *Echo* do dia, e o parágrafo apontado por Holmes era dedicado ao caso em questão.

"O público", dizia, "perdeu uma diversão sensacional com a morte súbita de Hope, o suspeito do assassinato do sr. Enoch Drebber e do sr. Joseph Stangerson. Os detalhes do caso, em tese, agora nunca serão conhecidos, embora tenhamos sido informados por fontes seguras que o crime foi o resultado de uma antiga rixa romântica, na qual o amor e o mormonismo tinham participação. Parece que ambas as vítimas pertenceram, na juventude, aos Santos dos Últimos Dias, e Hope, o prisioneiro falecido, também provém de Salt Lake City. Se o caso não teve outro efeito, pelo menos traz à tona, de forma muito contundente, a eficiência de nossa força policial investigativa e servirá como uma lição para que todos os estrangeiros, com sabedoria, mantenham suas contendas em casa e não as levem a solo britânico. É um segredo conhecido por todos que o crédito dessa captura inteligente pertence inteiramente aos oficiais bem conhecidos da Scotland Yard, os srs. Lestrade e Gregson. O homem foi preso, ao que parece, no apartamento de um certo sr. Sherlock Holmes, que, embora amador, mostrou algum talento na linha investigativa e que, com tais instrutores, pode esperar, em algum momento, atingir algum grau das habilidades que eles possuem. Espera-se que os dois oficiais recebam algum tipo de homenagem como reconhecimento adequado aos serviços prestados."

– Eu não havia lhe dito isso quando começamos? – exclamou Sherlock Holmes com uma risada. – Esse é o resultado de todo o nosso estudo em vermelho: conseguir-lhes uma homenagem!

– Deixe estar – disparei. – Tenho todos os fatos no meu diário, e o público os conhecerá. Nesse meio-tempo, você deve se contentar com a consciência do sucesso, como o avarento romano...

Populus me sibilat, at mihi plaudo Ipse domi simul ac nummos contemplar in arca.[1]

---

[1] O povo me vaia, mas em casa eu me aplaudo ao contemplar meu dinheiro no cofre. (N.T.)